我在這首歌的盡頭，等妳

東澤——著

0.

「我會做你的第一個聽眾。」

我醒過來，不知道現在幾點，不知道身處何處，只知道耳邊逐漸消逝的是好好的聲音，十七歲好好的聲音。

我多久沒聽到她的聲音了？

我望著沒開燈的木作天花板，意識從混沌夢境浮上現實的海面。十五年了，最後一次見到好好，已經十五年過去了，我不知不覺成為三十二歲的大人。時光像黑暗中的一聲嘆息，輕盈得不可思議。

我爬下床，腦殼深處鈍鈍地搖晃著，花了兩秒才重新掌握空間感。昨晚又是瘋狂的一晚，我連怎麼回來都不記得了。牆上的投影鐘顯示現在是下午兩點，我走進浴室沖澡，然後在鏡子前仔細凝視自己的臉。

順序是這樣的，先把前額的頭髮往後撥，鼻尖貼近鏡子，視線從右側額頭開始，經過右太陽穴，來到右耳前方，接著又順同樣的路徑慢慢回到額頭，我的一天才算正式開始。

二十四歲前我不照鏡子，二十四歲的胎記雷射手術後，我天天都要花上很長時間端詳鏡中的自己，反覆確認我已經不是我了，反覆確認我還是我。

我走出浴室，床上傳出呻吟。

女人似乎頭很痛的樣子，我拿給她一杯水和止痛藥。我想不起來她的名字，她八成也不記得我的。我幫她叫了車，確定她沒有東西留在我家後送她下樓，我們不會再見面了。

「妳該走了。」

傍晚時我再度下樓，這次穿著黑西裝和領結，我坐進計程車裡時一滴雨點落在頭頂，等開到信義區的餐廳時，外頭已經是傾盆大雨了。

我狼狽地衝進餐廳，在門口拍掉西裝上的雨水。這間乾式熟成牛排餐廳被唱片公司包場舉辦晚宴，所有和演唱會有關的人都被邀請，但大家都知道贊助商才是這場活動的主角。唱片公司的人會整晚將他們當埃及法老王伺候，讓他們相信這會是一場空前絕後的演唱會，而他們的每分錢都將花得無比值得。

至於我，其實根本不該來的，我和今年八月的演唱會一點關係也沒有。要不是大雄堅持，我現在應該還在家躺著。

「老大！」

大雄露出可以讓上萬歌迷尖叫的邪氣笑容朝我走來，遞給我一杯紅酒。

當年我在中正區的live house看見這小子時，他才十九歲，一個人，一把電吉他，整個地下室都是他的費洛蒙，他是天生好手。

表演結束後我找到他，說要幫他做唱片，他什麼也沒說，笑笑遞給我一瓶啤酒。

那天我們喝到五點，聊些什麼已經忘了，只記得我們沒再提到任何一句關於唱片的話。兩天後他打給我，請我幫他做唱片。

我替他填了幾首詞，租了一間錄音室和幾個樂手，只花了四天就完成他橫空出世的首張專輯。大紅後他被國際廠牌簽走，又發了兩張專輯，我沒有再幫他做過歌。

然後現在，他準備要在小巨蛋開首場個人演唱會，我和他乾杯道賀。

「我最近又重聽你以前幫媽祖樂隊做的東西，超屌！」大雄眼神迷濛。

「還不是解散了，你喝幾杯了？」

「老大，你什麼時候要幫我寫歌？」

「那些大牌詞曲創作者現在都搶著幫你寫歌了，哪輪得到我。」

「那些軟趴趴的東西無聊死了，我想唱你的歌，老大你一定要幫我寫歌，我要在演唱會上唱！」

我微笑和大雄碰杯，他真的醉了，他知道我早就不再寫那種歌了，那種音樂是賣不動的，我現在只做安全的歌，容易入耳，聽起來有鈔票聲音的歌。

「我們約定好囉。」大雄被拉走前對我說。我知道他不會記得這個約定，他還會喝下更多酒，然後忘記今晚大部分的談話，這是他撐過這種場合的唯一方法。

我左右四顧，看見兩三個需要打招呼的對象，結束後我就可以閃了。

忽然一陣雀躍的驚呼吸引我的注意，兩個女人正低頭研究另一名女人手上的婚戒。

我微微一愣，不自覺朝婚戒女人走去，想將那眼熟的側臉看得更清楚。兩個女人激動地要聽求婚經過，婚戒女人笑著要她們小聲一點，她轉了過去，整個人背對我。

我停下腳步。

我認錯人了。

女人的黑絲晚禮服後背是蕾絲薄紗，薄紗下的背部肌膚乾淨無瑕，女人不可能是她。

我笑了，把手中的紅酒一飲而盡。我想起附近有一間不錯的日式酒吧，不打招呼也不會死，我要走了。

我最後又看向婚戒女人一眼，發現她不知何時已轉過身，跟一名新加入的男人說話，婚戒女人的正臉清楚地映入我眼底。

我心跳停止。

這十五年來，我不知問過自己同一個問題多少次，如果我在街上碰見她，我能認得出來嗎？可以。

我當然可以。

她背上的刺青消失了，時間卻沒在她臉上留下任何痕跡。我無法動彈，雙眼定定看著她，彷彿要瞪穿十五年的歲月，整個世界瞬間只有她一人，就像高二那年一樣。

終於，她感受到我執著的凝視，朝我看過來，整間餐廳似乎大大震了一下，她的視線穿越人群將我刺穿，一個遺忘多年的傷口突然灼熱地痛起來。

她的眼眸緩緩瞪大，在她的瞳孔裡，我感覺自己正逆齡奔跑，一路跑回十六歲的自己，變回臉上有胎記的高二男孩。

有人推開餐廳大門，外頭的傾盆雨聲猛烈傳進耳裡——

對了，當年我和她就是因為一場暴雨而相遇。

我和好好。

1.

彷彿有人按下某個按鈕，暴雨瞬間落下。

驚呼聲此起彼落，我從操場衝到最近的大樓，手忙腳亂拍掉身上的雨水，但一點用也沒有，才短短幾秒上衣已經濕透。

耳邊響起上課鐘聲，我在走廊上愣愣看著這場變態的午後雷陣雨，想著該怎麼回去教室。身邊一起躲雨的人都拿出手機，沒多久便出現許多撐傘的同學來將他們接走。

其中一個女生朝我看過來，我右臉的胎記微微發熱。視線是有溫度的，我很小的時候就知道這一點。我反射地別過臉，再回頭時她已經和朋友一起走了。

很快就只剩下我一個人。

我有帶手機，但我沒有人可以打。

吹過的風使身體輕輕顫抖，大雨絲毫沒有要停的跡象。

就在這時，後方的機房突然傳出一聲短促的驚呼。

女生的驚呼。

我轉頭發現機房的門半掩著，我沒有猶豫太久就推開門走進去。如果說有哪個地方是本校安全死角，無人的陰暗機房絕對排名第一。

不知名的機器轟隆隆運轉，發散的溫度讓濕透的身體微微有些暖意。我注意到通道底端的機器上有片白白的東西，走近一看才發現是一件女學生的制服上衣。

我腦中瞬間冒出最糟的結果，雙拳緊張地握起來，我才剛要轉頭搜尋，就看見她了。

應該說，我看見她的背。

只穿內衣的裸背在陰影中彷彿在發光，但真正讓我目不轉睛的是占滿她背部的刺青，一頭猙獰恐怖的獠牙惡鬼。

女生突然轉身面向我。

我們無聲對視，時間靜止，女生的眼眸在暗影中像兩顆星星，閃爍神祕光芒。

下一秒，她回頭抄起牆角的滅火器，用力朝我擲過來。

「死變態！」

我沒料到會有這一幕，笨重的身體慢了半拍，被滅火器砸中小腿，狼狽地跌在地上。我幾乎是連爬帶跑地衝向門口，這輩子沒有這麼害怕過，耳邊還可以聽見女生的咒罵。

我逃出機房跑進大雨中，不敢回頭看一眼，全速衝回教室。

「報告！」

我回到位子上坐下，整個人餘悸猶存，低著頭喘氣，胸膛上下起伏，我知道講台上的老師正皺眉看我，所有同學也都轉頭盯著我，臉上的胎記正在發燙，彷彿可以蒸發上頭附著的雨水。

兩秒後，老師從剛被打斷的地方接著說下去，同學們也陸續移開視線，看回黑板和課本。

我仍舊低著頭，等待發燙的胎記冷卻下來，等待最後幾道視線從我臉上移開。

曾經有一名減肥專家說過，肉眼看不見的東西最可怕，我完全同意。對我來說，最可怕的東西就是人們盯視我的無形視線。

不知道從幾歲開始，我就能明確感受到這種獨特的視線。視線有時帶著嘲笑，有時同情，有時噁心，有時不知所措，但不論是哪種視線，都像一面伸到臉前的鏡子，提醒我臉上的胎記就在那裡，人人都看得見。

從右額頭開始往下蔓延，覆蓋右太陽穴，最後在右耳前方收尾，這一大片變形蟲般的區塊有個奇怪的顏色，我曾試著用紅色和灰色顏料調出來，最後失敗了，我的胎記遠比那坨顏料還醜。

只有那麼一次，我在一樣東西上看過類似的顏色，那是柏油路上壓扁的老鼠屍體。

從出生那天開始，死老鼠色胎記已經陪伴了我整整十六年，但我始終無法習慣它的存在和它招來的目光。於是我把右邊瀏海留長試圖蓋住它，平時盡量不對上他人的眼神，但不論怎麼做，我仍舊能感受到那些視線。

我的胎記能感受到。

就像用放大鏡聚焦陽光至一點，會先發癢，然後發燙，最後整片燒起來，彷彿有把火在臉上燃燒，那是無法用水撲滅的透明火焰，只能等待人們失去興趣移開眼神。

我仍舊低著頭，水珠從髮稍滴下來，落在膝蓋上。四周的同學已經把注意力從我身上移開了，但胎記還沒有完全回復正常，還有一道視線仍固執地定在我身上。

坐我後面的關傑突然踹了我椅子一腳，然後傾身向前，在我耳後用戲謔的語調說：

「你濕身露點了欸，性感喔黑傑克！」

我低著頭動也不動，他似乎對自己的幽默感很滿意，發出顆顆笑聲，坐我右邊的班長徐雅婷回頭瞪了他一眼，關傑才閉上嘴靠回椅背，踹我椅子一腳做為結束。

終於，胎記回復正常了，我不知道關傑現在在做什麼，但他對我已經失去興趣。

他是個白痴。

我很驚訝大家竟然沒發現這件事，因為他無論從任何角度來看都是個大白痴。他會把權利寫成權力，把出生born寫成燒死burn，還會把曼陀珠丟進可樂瓶想一口喝光，結果當然被噴了滿頭滿臉。

但最白痴的是，他叫我黑傑克。

自從國小後就沒人用這麼過時的綽號叫我了。

取綽號是最初階也最基礎的霸凌，我從幼稚園就開始對這件事有了模糊的理解。國小時代我蒐集了各式各樣的綽號，大部分都毫無創意，黑傑克、關公、紅臉男、鬼太郎都是這時期的產物。

國中時大家逐漸學到反諷和迂迴的力量，於是就出現另一種綽號，像是帥哥，或是金城武，最有才的是陽光哥，來自幫助燒燙傷患者的陽光基金會。

我還記得當時第一個叫我陽光哥的同學嘴臉，他洋洋得意彷彿發現了新大陸，不厭其煩跟每個人解釋這綽號的由來，連續好幾天都用最大分貝喊我陽光哥。如果在古代，他絕對會是一名優秀的刑具發明家。

但不管是哪種綽號——粗魯無趣或創意無限——都確實擁有傷害人心的力量，就連白痴關傑剛說的黑傑克也一樣。如果我看起來像是不在意他的嘲諷，那只是因為我的心已經麻木了。

而此刻的我無比希望我的小腿就像我的心一樣麻木，可惜沒有，我的小腿彷彿要獲取全部注意力般激烈疼痛著。

我揉著肯定已瘀青的小腿，想著剛如果沒有後退那一步，滅火器打中的說不定就會是我的大腿，或是上方更重要也更脆弱的部位。

就在這時，我突然記起一件不尋常的事。

任何人初次看見我的胎記，視線裡一定會承載某種多餘的情感，而我的胎記總是可以捕捉到那情感。

但剛在機房裡頭，在我和裸背女生對看以及她朝我丟滅火器的時候，我的胎記都沒有絲毫反應，沒有發熱，沒有發癢，什麼都沒有。

是太暗所以她沒看見胎記嗎？

我無法確定，機房其實並沒有那麼暗，我仍可以看清她的臉孔，我甚至發現我知道她是誰。

她是高三的好好學姐。

那個，好好學姐。

2.

如果把台灣人的姓名按照獨特程度排出分布光譜，我和于好好絕對是位在光譜的兩端。

我叫沈家豪。

沈來自我爸，家豪來自我媽，她堅持要找一個從未見過我一眼的算命師來決定我將使用一生的名字。

我媽花了兩千塊，算命師只花了五分鐘，他說家豪是那一年最好的名字，多才巧智，福祿雙全，晚年吉祥。他說得肯定沒錯，因為那一年全台灣就有三百多個家豪，人人都想多才巧智，福祿雙全，晚年吉祥。

後來我才發現算命師謙虛了，家豪不只是那一年最好的名字，根本就是上個世紀最好的名字。家豪蟬聯了好幾年男生菜市場名榜首，一直到現在，靠著無數算命師多年不懈的努力，台灣男性姓名榜第一位依然是家豪。

但不論家豪在命格上曾擁有什麼光輝的意義，現在都不再重要了，它已經變成最平凡無奇的名字。

我常在想，究竟是擁有一個冠軍菜市場名比較悲哀，還是名字和人對不起來比較悲哀？

我和平凡無奇一點邊也沾不上。

如果將全台灣的沈家豪同時擺在操場上，一定可以馬上找到我，我就是那麼特別。特別顯眼。

從童年開始，我最大的心願就是當一名真正的家豪，在人群中不會被認出來，不會成為注目的焦點，一個澈澈底底平凡無奇的人。

但這個心願，在遇見好好後，算是沒救了。

「死變態！」

當我在放學的擁擠人群中聽見這三個字時，並沒有意識到是在叫我，只是好奇地摘下耳機，和大家一起仰頭看向聲音的來源。

格物樓三樓的走廊，一個女生正探出身體朝我所在的位置大吼。

「死變態你別跑！」

人的一生中可能會有某些時刻覺得自己已經死了，儘管你還活著。

我現在就是屬於這個時刻。

那個女生是好好，而她口中的死變態不是別人，就是我。

我沒有拔腿就跑不是因為我夠冷靜，而是我完全嚇呆了，從腳趾到內臟都澈底嚇瘋，好好竟然認得我，而且還在所有人面前大聲喊我，我嚇到石化，動彈不得。

好好在大樓外的身體突然縮回去，全速跑向樓梯口。

群眾爆出一陣騷動，我聽見有人說那是好好欸，有人說她在叫誰啊，還算遙遠的距離讓其他人沒發現好好的視線落在我身上。我沒時間慶幸，慌張看向一樓樓梯口，好好不知道什麼時候會衝出來，我要趕快離開。

我低頭縮起身體，用僵硬的步伐往校門口移動，但大家都因為想看好戲放慢腳步，前方塞滿人群，再這樣下去一定會被追出來的好好發現。

我開始喘氣，心跳又重又響，整個人無法控制地顫抖，小四那年的感覺又回來了。當時我在朝會司令台朗讀被國語日報刊登的文章，因為過度換氣而昏倒，接下來一整個月走到哪裡都可以聽見笑聲。

我告訴自己放慢呼吸，千萬不能在這一刻暈倒。眼前都是黑壓壓的後腦杓，要在好好下樓前走出校門已經不可能了。我左右四顧，喉頭湧出苦味，神經像扭到極限的發條，隨時可能繃斷。

有了！

我瞪大雙眼，發現離我十幾公尺遠的誠正樓轉角就有一個完美的藏身處。

一間男廁。

我簡直是天才，只要在好好出現前躲進去就萬無一失了。

我裝作若無其事，用不引人起疑的速度切出人群，所有人的目光都在格物樓樓梯口，沒有人注意到我偉大的潛行。

沒有人。

除了一個白痴。

「黑傑克你要去哪？」

關傑的手充滿威脅地扣上我的肩膀。

「好戲就要上場了還亂跑，那個死變態該不會就是你吧？」

他笑嘻嘻看著我，呼出的氣息噴在我臉上。我完全看不出他是在開玩笑，還是假裝在開玩笑。

今天第二次我石化般愣在原地，腦袋空白無法思考，所有悲劇的要素都到齊了，只等女主角好好出場，布幕就可以華麗揭開，終結我剩餘的高中生活。

只是我沒想到，這場戲的男主角卻另有其人。

「幹什麼你們！全擠在這裡幹什麼！」

我不用看向關傑就知道他肯定跟我一樣抖了好大一下。教官老黃的雷霆吼聲是本校三奇之一，據說有個爬牆的學長被老黃吼到摔下牆撞傷腦袋，從此只要聽到老黃的聲音就會自動流鼻血。

「放學了還不想走啊，想留下來勞動服務是不是！」

明顯受驚的人群快速動起來，老黃雙手抱胸走在格物樓前方，小眼睛陰險掃視面前的學生，黑洞般的鼻孔誇張地開合，所有細節都顯示他心情極度惡劣，此刻絕對沒有人敢在他面前違規，就連白痴關傑也不敢。

就在這肅殺的氣氛中，發生了一件所有人意想不到的事。

被大家遺忘的好好突然砲彈般衝出來，撞上來到樓梯口前方的老黃，挾帶高速動能的好好手肘毫無偏差地頂進老黃的後腰，那是我第一次也是唯一一次在現實中看見腎臟攻擊。

一聲慘絕人寰的尖叫撕裂空氣。

所有人都因為這聲不男不女甚至不像人類的慘叫停止動作，就連發出慘叫的老黃也是。

他定在一個極不自然的姿勢，臉龐漲成古怪的磚紅色，顫抖的嘴唇卻一片死白，所有人都可以看出他正在對抗巨大的痛楚。

終於，老黃的嘴唇慢慢回復血色，他僵硬地轉過身，一看見差點害他腎虧的始作俑者，剛平靜的臉色又瞬間猙獰。

「于、好、好！」老黃噴出激動唾沫。

就連我這麼邊緣的人也知道老黃和好好的戰爭。

好好的外型已經說明了一切，剃掉半邊的不對稱短髮，幾乎要蓋到腳踝的超長黑裙，還有那雙用麥克筆塗成全黑的白布鞋。好好沒有違反我們這間南台灣最強私中的任何一條校規，但她卻成功激怒那些將校規視為宇宙最高指導原則的人們，而老黃正是其中的代表人物。

「教官你沒事吧？」好好看起來毫不在乎。

「誰准妳在校園裡奔跑？」老黃朝她頭頂大吼。

「沒人不准啊。」

「妳說什麼！」

「校規沒有規定不能在校園裡奔跑。」

老黃一愣，咬牙切齒看著她，在好好面前他已經吃過太多次校規的虧。

忽然老黃的嘴角浮出笑意。

「但校規可是有清楚規定服儀的。」

好好順著老黃的視線低下頭，她的制服下擺有半截露在外面，似乎是剛才跑下樓太激烈掉出來的。

「跟我回訓導處，罰妳留校服務！」

「已經放學了，教官你不能因為這樣罰我留校。」

「哪一條校規說我不行？」

好好沉默。

老黃的小眼睛得意地瞇起來，恢復自信的聲音強硬低沉。

「走！跟我回訓導處！」

好好的視線忽然朝我站的地方掃過來，我渾身一抖，想躲已經來不及了，但她的目光卻沒有停留，一路移往校門外頭。

「你們也想留校服務是不是！還不走啊！」

所有人因為老黃的吆喝又動了起來，我被人潮推著走，再次回頭時，好好已經跟老黃離開了，關傑不知何時也消失蹤影。我逃過一劫，感覺卻無比複雜。

我跟大家一起走向校門，門口照例有各社團的學生在發傳單，我也照例被塞了好幾張。康輔社迎新、魔術社夜烤、至尊王者腕力大賽，我把傳單隨手塞進書包，發現身旁的女同學正激動地交頭接耳。

「也太帥了吧，他在等誰啊？」

然後我就看見他了。

3.

真正的帥哥並不需要髮型輔助。

很多人直到當兵才發現這個事實，我則早在高二那天的校門口就澈底明白了。他頂著乾淨簡單的平頭，家庭理髮店三分鐘就可以剃出來的那種，但卻讓他的立體五官更加明顯。他雙眼明亮卻憂鬱，黑T黑牛仔褲，露出來的兩條手臂布滿刺青，嘴角輕輕含著一根菸，率性靠在一台黑色檔車旁，那台車美到我差點忘了呼吸。

站在校門外的他就像一個隱喻，象徵另一個與學生生活截然不同的外邊世界。

而他在等好好。

知道這個並不難，他不是唯一等過好好的男生。

好好在校內如此出名有兩個原因，一是她挑釁校規的古怪外表，二是那些等過她的男孩們。不論校門口有多少人，你總是可以一眼看見那些等好好的男生們，他們就跟好好一樣顯眼：HBL的王牌球員、開跑車的富二代、背電吉他的搖滾型男、附近男校的學霸校草，甚至還有不知道哪裡來的金髮外國人。

有些人只是曇花一現，露臉一次就從此消失，有些人則會密集出現好一段時間，但最長也不會超過一個月。就是這群人讓好好的名聲傳遍全校，而且是不太好的名聲。

但好好似乎一點也不在意。我曾見過有次校門口來了一群穿宮廟服騎改裝車的青年，原本以為是來堵人尋仇，有人還跑去通報教官，結果卻看到好好開心地跟他們打招呼，在所有人的視線中跳上一台機車離開。

然後今天，是騎檔車的刺青男。

我放慢腳步，發現自己無法將目光從他臉上移開，不只是因為他的獨特氣質和過去等好好的男生都不一樣，也因為剛才好好看向校門外的那個眼神。

由於胎記的關係，我對人類的視線算是小有心得，好好朝刺青男望去的眼神帶有某種強烈的情感，這一點絕對不會錯。

因為這個眼神，我知道刺青男肯定不會是曇花一現，我開始好奇他能在校門外出現多久。

自從那天放學的意外後，我的校園生活有了一點小小的改變。

我不像班上其他男生下課會衝球場打球，我幾乎都待在教室，只有午休時間會去圖書館找個安靜角落窩著。但現在就連午休我也躲在教室，務必要把當眾被好好大喊死變態的機率降到最低。

結果就是我一整天除了上廁所幾乎都待在位子上，雖然無奈，但我並不覺得無聊或痛苦，因為我有我的iPod和裡頭的數百首歌曲。

這台白色iPod是我去年的生日禮物，用來取代舊的Sony隨身聽跟ＣＤ們。

我在生日前一個月就拿到了，每次只要我跟媽媽說想要什麼生日禮物，她就會迫不及待買給我，完全不打算等到生日那天。只是這次的iPod特別誇張，美國才剛上市，台灣甚至還沒推出，媽媽就拜託國外的朋友買了寄回來。雖然現在班上已經不只我一個人擁有iPod，但當時我可能是全校唯一一個在聽iPod的人。

那時許多平常根本不會看我一眼的人都突然跑來找我借iPod玩，有些人在背後酸我灑錢交朋友，自以為用一台昂貴電子產品就能打入大家。但事實正好相反，我希望他們全都滾開，讓我能一個人好好聽音樂，這也是我中午固定會去圖書館的原因，我只想安靜地沉浸在音樂裡。

音樂之於我，就像魔戒之於咕嚕，比生命更重要。

數不清有多少次，我對世界無比絕望，感覺自己孤獨一人，是耳機裡的音樂給了我安慰和陪伴，讓我擁有面對明天的力量。我無法想像沒有音樂我要如何活下去，我只知道那樣的人生肯定會比最深的地心還要黑暗，比最荒涼的沙漠還要孤寂。

我對音樂的依賴在開始用iPod後來到人生顛峰，跟巨大的ＣＤ隨身聽比起來，可以放進口袋的iPod擁有驚人的便利性，只要不是上課時間，無論我走到哪裡都是耳機不離耳朵，確保自己能每一秒都跟外界隔離，待在熟悉又安全的音樂世界。

但這個習慣卻因為好好而瓦解了。

我開始不敢在上學和放學途中聽音樂，深怕會因此沒聽見好好喊我死變態的聲音，而錯過應（逃）變（跑）的黃金時機。

只是兩個禮拜過去，卻什麼也沒發生。正當我覺得好好應該差不多忘記我了，這件事可以就此結案時，命運卻以另外一種形式讓我們相遇。

那天一早我的頭就三不五時刺痛，原本以為午休睡個覺會好一點，但醒來後還是隱隱作痛，所以下午第一節課我就跟老師報備去保健室。

離開教室後我拿出耳機戴上，音樂總是能讓我好過一點。iPod隨機播出我的愛歌，《歌劇魅影》的插曲〈The Music of the Night〉。

正當魅影唱起「輕柔地，熟悉地，音樂將擁抱你」時，我停下腳步，反射地摘掉耳機。

我看到老黃。

他神情詭異站在一根柱子後，動也不動盯著圍牆的方向，沒有看到我。

我鬆了口氣，雖然我有正當理由上課時間在校園走動，但依舊不想被老黃攔下盤問。我把耳機收進口袋，決定走另一條路去保健室。

我轉過身，差點沒叫出聲音。

是好好。

她離我還有一大段距離，正直視圍牆快步走。我腋下瞬間汗濕，打算立刻閃人，卻注意到一個關鍵細節。

好好身上背著書包。

她要蹺課！

我瞬間看懂了老黃的行為，他已經守株待兔準備好了，儘管他還沒發現好好，但一切只是時間問題而已，朝圍牆走去的好好正一步步踏進他的陷阱。

她活該！

誰叫她恩將仇報喊我死變態，誰叫她害我每天都只能躲在教室裡，我睜大雙眼，決定仔細看清楚這一刻，正義伸張的一刻。

但我卻發現自己無法專心。

我想起爬牆學長的故事，他摔下牆撞傷腦袋，之後只要聽到老黃的聲音就會流鼻血。

還來不及思考，我的身體就做出行動。

「報告教官！」我扯開喉嚨，好好驚訝地看過來，發現是我後，整個人大大愣了一下。

我沒時間理會她，老黃仍背對我，他剛沒聽見我的聲音，我拔腿朝他跑去，用更大的音量繼續喊。

「教官！有人在廁所打架！」

老黃終於聽見了，他激動轉身。

「在哪裡？快帶我去！」

我的緊張神情似乎意外充滿說服力，老黃完全沒懷疑我在唬爛，已經騎虎難下了，我領著老黃遠離好好跑向明道樓。

「哪間廁所？」

「男廁……四樓的男廁。」

老黃加快腳步衝上樓，我思緒爆炸混亂，喘著氣跟在他身後。很快我們就來到三樓，我的謊言即將被揭穿，一切都完了，人生跑馬燈在我眼前絕望閃過。

那一刻我才知道，面對死亡的人類往往能發揮意想不到的潛能。

「我、我去叫他們導師過來！」

我猛然停下腳步，老黃繼續往四樓跑，沒有答腔也沒有回頭。我像是被大赦的死刑犯，頭也不回往樓下猛衝，速度比上樓時更快。

來到一樓時眼前突然掠過一道黑影，我急忙煞住腳步，沒想到黑影卻伸手抓上我的領口。

「死變態。」

我張著嘴，全身僵冷，發不出半點聲音。好好用力瞪著我，白淨的臉龐離我不到三十公分。

「你要去哪裡？」

我看著好好，什麼話都說不出來。

「老黃呢？」

我還是，什麼話都說不出來。

「真的有人在廁所打架嗎？」

我忽然全身一抖，我聽見老黃的腳步聲下來了，沉重而急促，我幾乎可以想像他漲紅憤怒的臉。

我拔腿想跑，衣領卻被好好緊緊揪著。

「這邊啦！」

我被好好拖到樓梯下方的三角形陰暗空間。

我們擠在狹小空間裡，沉默傾聽頭頂的腳步聲。沒多久老黃來到一樓，他猶豫了一下，然後往中庭的方向跑，很快就聽不見任何聲音了。

好好沒說一句話就走了，正當我想要不要等她走遠一點再出去時，她又回來了。

「在幹什麼，快出來啊！」

黑暗中我的手腕被一股冰涼的柔軟觸感包住。

等我意識到的時候，我已經跟在好好身後跑了，不，應該說好好正拉著我的手腕跑。

天啊……

「你剛騙了老黃對吧？」

我的手腕……

「他不會就這樣算了。」

正被女生抓著……

「今天放學前他一定會找到你。」

我停下腳步，因為好好放開我的手腕了。我愣愣望著好好，手腕仍有被緊緊握住的奇妙感覺。

我發現我們正站在圍牆邊。

「跟我一起蹺課吧。」

4.

我從來沒做過違反校規的事情。

不是因為我致力當個模範好學生，也不是我沒有膽量違規，我只是不想引人注意而已。

我不遲到早退，這樣就不會在眾目睽睽下進出教室。我上課不講話不睡覺不傳紙條，這樣就不會被老師點名成為目光焦點。我不作弊不打架不破壞公物，這樣就不會在訓導處罰站被所有人盯視。

只要安份守己，就沒有人會注意到我和我的胎記，這樣很好。

當一個無聲無息的隱形人很好。

但這樣的我，現在卻沒有待在下午的教室，而是跟好好並肩坐在公車上。此刻我的頭已經不痛了，但卻陷入一種更頭痛的狀況。

你到底在幹嘛啊沈家豪！

不管我今天逃去哪裡，明天還是要面對老黃，甚至因為蹺課罪加一等。我忍住崩潰哭喊的衝動，轉頭看向這一切的導火線。窗邊的好好感受到我的視線，不悅地瞪回來。

「看屁啊死變態。」

我把頭轉回來，吞了口口水，低下頭小聲咕噥：「我不是死變態……」

「什麼啦聽不到。」

「我說，」我提高一點音量，「我不是死變態……我是聽到有人尖叫才進去機房……不是故意要偷看妳……」

我可以感覺到好好仍持續盯視我。

終於，她把頭轉了回去。

「電車癡漢也都說他們不是故意，是不小心碰到的啊。」

雖然電車癡漢和我的狀況沒有一個地方相同，但好好的聲音似乎不像先前那麼充滿敵意了，於是我默默坐著，不再開口。

我們就這樣安靜了好長一段時間，好好動也不動望著窗外，書包放在大腿上，雙手放在書包上，雙手之間還有一個黑色束口袋。

我偷偷看向她擱在束口袋旁的右手，剛剛抓過我手腕的右手，粉色的指甲短短的很乾淨，敷著陽光的皮膚亮白到近乎透明，像是另一種生物一樣，小小的、可愛的、有自己意識的美好生物。

好好突然轉過來，我光速移開視線，全身僵硬不敢呼吸，突然發現自己和電車癡漢好像真的沒有那麼不同。

「下車。」好好說。

我們站在沒人的路邊站牌，好好要我負責盯著馬路盡頭，看公車來了沒有。我不敢有任何異議，不是因為她是學姐我是學弟，而是我發現我有點怕她。

「我們……要去哪裡？」我囁嚅道。

「海邊。」

「海邊？」我驚訝地轉頭看她，從這裡到海邊至少還要搭一個小時。

「轉回去看車啦。」

我乖乖轉回去，「為什麼要去海邊？」

「當然是去游泳啊。」

「游……」我一對上她的兇狠視線便趕緊轉回來，「妳有帶泳衣？」

「有啊，今天下午有游泳課。」

我以為自己聽錯了，「妳蹺游泳課去海邊游泳？」

「每次游泳課我就特別想游泳。」

「那，妳可以在學校游啊。」

「最好是可以啦。」

我不懂她的嘲諷語氣，我看向好好，這次她沒有要我轉回去。

「為什麼不行？」

「你明明就看得一清二楚還在裝，」好好不滿地瞪著我，「我背上有刺青啊！」

公車就在這一刻來了，從我們面前呼嘯而過。我在好好的尖叫聲中追上去，但無論我怎麼揮手它都不停車。因為這樣我們又多等了二十分鐘，好好覺得這都是我的錯，所以一上車她就把整張臉撇過去不看我一眼。

但我也沒有要理她的意思。

我發現她放在書包上的右手已失去了魔力，那仍舊是十分美好的手，但因為手的主人是這個討人厭的好好，所以一切就沒那麼美好了。

我突然對自己非常生氣，竟然因為手腕被好好握了一下就鬼迷心竅跟她蹺課，實在有夠愚蠢。都是那場該死的午後雷陣雨，要不是躲雨我也不會聽見機房的尖叫，現在也就——

我突然扭頭看向好好的後腦。

「那天在機房妳為什麼尖叫？」

好好沒答腔，繼續用後腦對著我。我的想像力開始自顧自奔馳，脫掉的白襯衫和尖叫聲若不是遇到壞人，那肯定是情人了。好好跟某男約在機房見面，某男惡作劇嚇了她一跳，好好尖叫，某男很快吻住她的嘴，隨手脫掉好好的上衣一扔，我就在這時走了進來……

「該不會那時候……有男生在機房裡吧？」

好好動了一下，咕噥了幾個字。

「什麼？」

好好又動了一下，這次我聽見了。

「……有蜘蛛……」

我傻住，某男的畫面瞬間消失，我噗嗤笑了出來。

看起來天不怕地不怕，老是挑戰校規挑釁老黃，還會用滅火器砸人的好好，竟然會因為蜘蛛尖叫出聲。

我的臉一定笑得很誇張，因為好好轉過來死瞪著我。

「笑屁。」

我左右搖頭，努力讓顫抖的嘴角回復正常。

「所以，」我忍著笑意說，「妳脫衣服是因為蜘蛛爬到衣服上？」

「並不是，」好好翻了個白眼，「我是想讓衣服乾得快一點，才把它放在機器上好嗎。」

我懷疑地盯著她，「妳衣服有那麼濕嗎？需要脫下來弄乾？」

「夠濕了，」好好頓了一下，「夠讓我被退學了。」

退學兩字來得莫名其妙，但我竟然聽懂了，是刺青。濕掉的白襯衫會透出好好背上的刺青，而上學期才有個男生因為刺了全甲被退學。

我筆直望著好好，決定展現我以德報怨的高尚情操。

「妳放心，我不會說出去。」

好好瞇起眼睛看了我一會兒。

「我知道你不會，因為你敢講出去你就死、定、了。」

好好說完又把頭轉向窗外，我再度盯著她沉默的後腦杓，但現在的氣氛和剛才有微妙的不同，我也說不上來哪裡不同，但我覺得好好似乎沒那麼討人厭，我也沒那麼怕她了。

我沒有多想就朝她的後腦開口。

「我覺得滿屌的。」

好好轉頭狐疑地盯著我。

「我是說，妳的刺青。」

「是吼，」她笑笑，「看得很清楚嘛死變態。」

「沒有沒有！」我慌忙澄清，「我沒有看很清楚，真的——」

「沒差啦，」好好笑著打斷我，「被看又不會少塊肉，而且我還用滅火器丟你，算扯平啦。」

這是我第一次看見好好真心的笑臉，她左邊嘴角有一個小小的梨窩，右邊卻沒有。

「妳為什麼刺青啊？」

梨窩消失，沉默。

我冷汗。

多年後我才歸納出一個經驗法則，每段談話都有個問題是不能問的，但你不會知道那問題是什麼，除非你問了。

「妳不想說沒關係……」

「你知道沙特嗎？」

我愣愣搖頭。

「我也不知道，是一個哲學系男生告訴我的。他說沙特主張存在先於本質，人類生下來即是自由的，沒有任何標籤。但我覺得這都是屁話，人生下來就被各種框架束縛，打破這些束縛才能真正自由。」

我似懂非懂。

「所以妳用刺青……去打破束縛？」

「刺青無法打破任何東西，但或許有天我可以用自己的力量辦到，靠自己得到自由。」

我發現好好已經說了三次自由。

「怎麼樣才算自由？」

她的答案出乎我意料簡單。

「離開這裡，去台北念書。」

「就這樣？」

「這是最關鍵的一步。」

「念什麼都可以嗎？」

「當然不是啊，我想念社會學或人類學，台大最好。」

我想了想，覺得哪裡怪怪的。

「那妳現在是不是應該，不要那麼自由一點？」

「什麼意思？」

「例如不要那麼常蹺課，放學也不要那麼常約會，把這些時間拿去念書，這才能真正幫妳得到自由吧。」

好好彷彿看見什麼珍奇異獸般久久盯著我。

「幹嘛？」我被看得有些不自在。

「其他男生聽到我說想要自由，都叫我蹺課跟他們出去，沒人叫我去念書。」

「完全可以理解。」青春期的男生比小三數學還好懂，「所以妳常蹺課跟哲學系出去？」

好好搖搖頭，「只出去過一次，他太愛說教了。」

我突然想起校門口的刺青男，自從那天之後他就沒再出現了，正當我想問好好時，她先開口了。

「你呢？你大學想念什麼？」

「不知道。」

「不知道？你什麼類組？」

「一類，不過前幾志願的科系我都沒興趣。」

「講得好像你有興趣就可以念一樣。」

「應該沒什麼問題。」

好好半信半疑看著我，「你上次校排多少？」

我沒有馬上回答，但也沒有猶豫太久。

「九十四，但如果把我故意寫錯的分數加回去，可以排進前十。」

好好笑出來，「什麼啦，寫錯就寫錯，哪有什麼故意寫錯，少騙人了。」

我沒有答腔。

好好收起笑容，「你說真的？」

「我不想考太高分。」

「為什麼？」

自從小四在司令台上昏倒後，我就發誓再也不要做任何引人注目的事。如果我打算像空氣一樣度過高中生活，考進全校前十名這種狀況絕對要用生命去避免。

但我不想跟好好解釋，從一開始就不該提起這個話題，我後悔了，沈家豪你到底想在女孩子面前炫耀什麼啊智障！

我搖搖頭。

「搖頭是什麼意思？」

我沉默。

好好又用先前看珍奇異獸的眼神看著我，最後她以鑑定專家公布答案的口吻說：「你是個怪人。」

這是我們在公車上說的最後一句話，好好說完後就拿出手機玩貪食蛇，我也默默拿出iPod來聽。朝海邊開去的午後公車幾乎沒有人，耳機裡我的愛歌一首首播下去，車體舒服搖晃，半開的窗戶吹進涼爽微風，我第一次覺得偶爾蹺個課，還不壞。

我跟好好似乎是差不多時間睡著了，等我醒來時，窗外已經是整片炫眼的閃藍大海。

「我們是不是到了？」

好好張開眼睛茫然看我，接著轉頭看向窗外，下一秒她猛然彈起，朝司機大喊：「下車！」

我如果再晚醒來一分鐘，我們就坐過站了，但好事跟壞事常常是一起發生的。下車後好好突然驚慌地翻找包包。

「我的束口袋呢？」

5.

最後好好還是沒有游到泳。

我們匆忙下車，她把裝泳衣的黑色束口袋忘在公車上。出乎我的意料，好好沒有生氣，也沒有難過，她甚至在確定自己不可能找回束口袋後，仰天大笑起來。

「我早上忘記帶泳衣還跑回家拿欸，你說好不好笑。」

我沒笑，我不敢笑。

我發現好好的心情似乎真的沒受影響，她把鞋子脫下來拿在手上，沾滿沙的光腳蹦蹦跳跳，整個人十分雀躍。

「你也把鞋子脫掉啊。」
我搖頭。
「幹嘛？你怕髒喔？不要活得這麼無趣好不好！」
好好的神情相當鄙視，所以我憤而脫掉鞋襪，意外發現沙子熱熱的很舒服。
我們踩了一下水，然後並肩坐在沙灘上看海。五、六個大學生泡在海中玩水，一對情侶在沙灘上牽手漫步，除此之外就只有我和好好。
我們靜靜望著海面，好好一直沒說話，我也就不開口。有隻黑狗不知道從哪裡冒出來，噠噠噠跑來我們身邊，對我伸出的手不理不睬，卻親暱地用頭磨蹭好好。這傢伙連好人壞人都分不清，我不禁深深擔心起牠的未來。
好好的梨窩又出現了，她愛憐地摸著狗頭，黑狗在她身邊趴下，瞇起眼睛一副很享受的樣子。我錯了，牠是我看過最精明的狗，一秒分出我和好好誰是老大，這死狗一定可以在人類社會活得很好。
黑狗戴著項圈，但沙灘上沒有任何疑似牠主人的人。海岸線隨著時間慢慢往後退，情侶離開了，剩下那群大學生，狗主人還是沒有出現。
「小黑你的家人呢？」好好柔聲說。
我看見好好眼中一閃而逝的憂鬱，我不知道那憂鬱來自哪裡，但我知道那和小黑一點關係也沒有。
好好的手機忽然響起，小黑嚇了一跳，爬起來跑走了。好好接起手機說她在海邊。

小黑往階梯的方向跑去，一下就不見了。好好講完電話，盯著小黑消失的地方出神。

半小時後好好的手機又響了，她說了聲好便掛掉，站起來拍拍屁股上的沙，「走吧。」

我以為我們要回去搭公車，沒想到公路旁竟然有台ＢＭＷ在等好好，豔紅車身非常醒目。

「他誰啊？」車門旁的墨鏡男子說。

我好像有在校門口看過他，也好像沒有，他不是那種會讓人留下印象的帥哥，他帥得很無趣。

「學弟。」好好說完轉頭看我，「你要去哪裡?他可以載你回市區。」

我的胎記急速升溫，就算是最黑的墨鏡也沒辦法隔絕視線，尤其是帶有惡意的視線。我移開目光，把瀏海往下撥。

「我搭公車回去就好。」

「一起啊，反正順路。」

「沒關係，謝謝。」

好好沒再堅持，跟墨鏡男上車離開，我走去站牌等公車。

在公車上我才想起來，今天我的胎記從沒有因為好好而發熱過，一秒也沒有，跟好好在一起時，我甚至忘了我臉上有一大塊醜陋胎記。

好好說我是怪人，但她才是我遇過最怪的人。

窗外已經看不到大海了，我感覺自己正一步步返回現實，我戴上耳機，不知道明天該怎麼和老黃解釋。

隔天我戰戰兢兢來到學校，準備迎接我上高中以來最黑暗的一日。

但老黃卻沒有出現。

老黃沒來教室找我，也沒人叫我去訓導處找老黃，不只如此，昨天蹺的數學課今天早上又上了兩堂，數學老師卻一個字也沒提，甚至沒看我一眼，我懷疑他根本不知道我昨天蹺了課。

班上同學一如往常沒跟我說話，沒看我一眼，沒人問我昨天去了哪裡，是不是生病了，只除了一個人。

「你昨天蹺課吼？」

後方的關傑用力踹我椅子，我沒理他。

「你去哪？去做植皮手術喔？來我看看。」他伸手要把我的臉轉過去，我用力撥開。

「靠，還是一樣醜啊，手術失敗囉。」關傑像被點中笑穴般顆顆笑個不停。

如果說我沒有一點點同情他，那絕對是騙人的，他悲慘的幽默感毫無疑問值得一張重大傷病卡。

「下次要去植皮早點說啦，害我小考沒人可以抄，雞巴。」

「噓。」班長徐雅婷扭頭瞪關傑。

我的椅子又被踹了一下，對話結束。

就這樣，我想像中最黑暗的一日過得和平常沒有兩樣，甚至比平常更無聊，至少在中午前是如此。

午休時我決定恢復之前去圖書館的習慣，昨天和好好的海邊之行雖然莫名其妙，但至少誤會解開了，我不再需要擔心有人會突然喊我死變態。

但我錯了。

午休快結束前我離開圖書館走回教室，在一個無人轉角迎面撞見好好，她整張臉瞬間亮了起來。

「死——」

我不知道哪來的勇氣上前摀住她的嘴，好好瞪大眼睛，用力扯掉我的手。

「幹嘛啦死——」

「拜託不要叫我死變態拜託。」

「叫你死變態又怎樣，你就死變態啊。」

「妳知道我不是啊，別人聽到會當真的。」

好好仍舊瞪著我，但聲音沒那麼兇了。

「我又不知道你叫什麼。」

「我叫沈家豪，叫我沈家豪。」

「好啦沈家豪，這樣可以了吧，」好好停了一下說，「我叫于好好啦！」

「我知道。」

「誰管你知不知道，我有事找你啦沈家豪。」

我還來不及問她什麼事，就聽到轉角後傳來關傑舉世無雙的白痴嗓音，要是被他看到我跟好好在一起，就等於被全班，不，被全校看到了。

我咕噥了聲對不起，一把將好好拉進無人的女廁。

「喂！」好好生氣掙脫，「還說你不是死變態！」

「只要待一下就好，」我比比外頭，壓低聲音合掌拜託，「一分鐘就好！」

外頭的說話聲越來越明顯，可以聽見關傑和我們班兩個男生正在聊剛才的三對三鬥牛，好好瞥了我一眼，但沒有開口說話。關傑他們經過廁所，往教室的方向走去，好好探頭看了看他們的背影，又移回來盯著我。

「你幹嘛躲他們啊？」

我不想解釋，危機還沒解除，我人還在女廁裡。

「那個，妳可以一分鐘後再出去嗎？」

「為什麼？」

「就……如果有人看到我們一起從女廁出來……不太好。」

「我都不介意了，你介意什麼。」

「可是……大家一定會亂傳……」

「喔。」好好面無表情望著我，「跟我在一起會被說閒話很丟臉，你寧願躲進女廁也不想被你朋友發現你認識我，對吧？」

我尷尬搔頭，卻說不出半句反駁的話。好好說的不完全錯，我的確不想成為校園最新的八卦話題，不想走在路上被大家盯著胎記指指點點，但如果我繼續在校園跟好好互動，這下場就肯定無法避免，不論好好有沒有喊我死變態都一樣。

好好忽然露出燦爛笑容，「好你走吧，我一分鐘後再出去。」

我愣了愣，接著就明白好好燦笑的原因了，外頭有兩個女生正有說有笑朝廁所走來，現在走出去等於自殺。

我眼前一黑，只剩下一個地方可躲了，我轉身衝進最近的廁所隔間，沒想到好好竟然跟在我身後進來，還幫我關門上鎖。

「妳幹嘛！」我不敢置信看著她。

好好把食指放在微笑嘴唇上要我安靜，我退後兩步貼著牆，身上每個細胞都湧出極度不好的預感。

兩個女生走進廁所，在洗手台前照鏡子，輪流抱怨雙眼皮貼和分叉瀏海。

我閉氣不敢動彈，祈禱外面的女生趕快離開。好好微笑望著我，曾經握過我手腕的美好右手緩緩抬起來，一吋一吋移向門鎖，臉上的笑容也越來越大。

這扇門如果被好好打開，我的高中生涯就宣告結束了。

我左右搖頭，拚命合掌拜託，用嘴型哀求不要，只差沒對好好下跪磕頭。我的表情肯定很絕望，因為好好笑得非常開心，她的右手輕輕搭到了門鎖上——

「妳有聽說偉仁學長跟好好的事嗎？」

好好的笑容消失了。我不敢吭氣，不敢動一根手指，現在是什麼狀況？

「考上醫科的偉仁學長？他跟好好怎麼了？」

「我男友不是在校隊嗎，昨天晚上偉仁學長回來陪大家練球，吃宵夜的時候說的，妳不可以說出去喔。」

「不會不會，妳快說。」

「學長說，昨天好好專程蹺課去他宿舍找他，還直接殺到他房間欸。」

「她去找學長幹嘛？」

「還能幹嘛，當然是打炮啊。」

我偷偷看向好好，她臉上沒有半點情緒，彷彿她們聊的是別人的八卦。

「真假？學長連那個好好也要喔，太不挑了吧。」

「就自己送上門的啊，學長還說好好在床上很騷，超主動。」

「我就知道！穿那什麼長裙，假掰的要死，不就是個騷貨。」

「欸妳不可以跟別人說喔，我男友會殺掉我。」

「不會啦，我上次跟妳說的那件事妳也不能說出去喔。」

上課鐘聲噹噹響了起來，兩女很快離開廁所，沉重的寧靜頓時塞滿我和好好置身的窄小空間。

「妳昨天明明是跟我去海邊，那學長幹嘛亂講啊……」我的憤怒軟弱又無力，因為我知道那兩個長舌婦肯定會到處宣傳，我不解地望向一臉平靜的好好，「妳剛為什麼不出去澄清？」

「如果我剛剛開門出去，要澄清的就不是我跟宋偉仁的事了。」

我瞬間傻住，沒錯，害好好沒辦法出去解釋的人就是我，都是我害的。

「你別那個臉啦，這跟你無關，就算今天只有我一個人，我也不會出去說半句話。」

我不懂。

「被她們亂傳妳也沒關係？」

「當然不爽啊，但你覺得他們會相信人緣超好的醫科學長還是我，偏偏我昨天又真的有蹺課，也真的有跟宋偉仁見面，還坐了他的車——」

「學長是那個墨鏡男？」我大驚。

「他從以前就一直纏著我，昨天聽到我在海邊後堅持要來接我，我想說可以順便載你回去就答應了，結果路上他一直毛手毛腳，我氣到甩他巴掌直接下車，沒想到他竟然造謠報復，小心眼的男人真的很可怕欸。」

好好的語氣輕鬆寫意，我卻越聽越沉重，因為直到一秒鐘前，我還隱隱懷疑學長的話可能有部分是真的……

「你很討厭這樣吧？」好好突然把臉湊近我，嘴角浮出一抹笑意。

「蛤？」

「被其他人閒言閒語啊，否則你剛才也不會躲你朋友，怕被他們看見跟我在一起。」

不是這樣，我不介意別人嘴上怎麼說，我只是討厭人們射向我胎記的灼熱視線，但好好卻沒給我機會解釋。

「你放心，我以後不會叫你死變態，不會在校園跟你打招呼，也不會讓人家發現我們認識……」好好停住，一臉賊笑看著我，「只要你答應我一件事就好。」

今天第二次，我身上每個細胞都湧出極度不好的預感。

「我要你幫我補習。」

6.

小學三年級的時候，媽媽帶我上台北看俄羅斯來的馬戲團，有空中飛人，有丟球的小丑，有大象和猴子，但我最喜歡的還是馴獸師跟他的獅子王。

馴獸師一直是我最著迷的職業。

沒有一項工作比它更違反弱肉強食的自然法則，人類必須去馴服比自己強大的萬獸之王，和牠驕傲的野性對抗，教導牠各種把戲，這是現代的羅馬競技場，是最原始的物種拚搏。

某種程度上來說，馴獸師的工作和幫好好補習相距不遠。

我上大學後，許多同學都去接家教賺零用錢，我曾聽他們聊過教屁孩的挫折崩潰點，但那跟教好好數學比起來，就像要小貓在貓砂上尿尿一樣簡單。

首先，我和他們不同，我沒有挑學生的權利。

教父說，我會給他一個無法拒絕的條件。好好的言外之意很清楚了，要是我不幫她補習，她肯定會在所有人面前喊我死變態，或是三不五時跑來找我，讓大家知道我跟她有難以解釋的複雜關係，好好不在乎別人的目光和閒話，她隨時可以跟我同歸於盡，然後還活得好好的。我毫無勝算，只能果斷投降。

出乎我的意料，好好說到做到，她找了一個不會被任何人看見的補習場所。

在體育館三樓觀眾席後方，有一間堆滿陳舊絨布廉幕和廢棄紅布條的房間。布條上印有××頒獎典禮、××音樂晚會和歡迎×××蒞臨演講，這些東西可能到世紀末都不會用上第二次，也沒人會想偷，因此房間也沒有上鎖。

這房間最特別的地方是有兩個出口，一個連到三樓觀眾席，另一個出去是小樓梯通往二樓走廊，我和好好可以從不同地方進去又離開，沒人會看見我們走在一起。

「妳怎麼會知道這個地方？」我讚歎。

「儀隊隊長帶我來過。」

「儀隊隊長？他不是有女朋友嗎？」

「不是這屆，是上一屆的隊長。」

「等等，」我驚呼，「上一屆隊長不是女的嗎？」

好好把我們剛搬來的兩張桌子用力併在一起，微笑看我，「有問題嗎？」

我搖頭，她剛差點夾到我的手指。

我們利用放學後的時間補習，雖然她高三我高二，但要上的卻是高一數學，好好說她想從頭把基礎學好。

「我的自由就拜託你了。」

好好第一天的誠懇態度讓我受寵若驚，還不知道我的惡夢即將開始。幫好好補習最險惡的地方，不是她對高一數學一無所知像根本沒念過高一，而是她斬神殺佛的學習態度。

「在說什麼啦，聽都聽不懂，好好教喔我警告你！」好好怒瞪。

「這公式我怎麼沒印象？是不是你偷懶沒教，找死嗎？」好好拍桌。

「我念這麼久才對三題，你到底會不會教啊？」好好丟書。

結論就是我不像她的老師，比較像她的奴隸。但這份任務也不是完全沒有成就感，例如今天我花了三個小時終於讓她搞懂勘根定理，課後測驗也五題全對，好好因此開心歡呼，燦笑跟我擊掌。

「耶！耶！耶！我好厲害噢！」

雖然應該是能讓她全對的我比較厲害，但我沒有糾正她，我發現她不生氣的時候，其實還滿可愛的。

「好啦，今天就到這邊吧，可以下課了。」好好把參考書丟進書包。

「謝主隆恩。」

「少貧嘴，明後天我都有事，禮拜四五點半你可以吧？」

只要好好說她有事的日子，我便會在放學的校門口看到那些等她的男生，她要跟誰出去不關我的事，我只是覺得她應該要多花點時間念書比較好，不過我當然沒資格說話，我只是一個逆來順受的奴隸罷了。

「能說不行嗎？」

「不行。」

好好笑著背起書包，消失在通往二樓的門口。我又等了一分鐘，才從另一個出口離開。

「回來啦。」爸對剛進門的我說。他正在幫媽媽按摩肩膀，這是我們家的日常風景。

我爸是電腦大廠的研發部門負責人，不論平日假日都在加班。我媽則是家庭主婦，但家事都有請阿姨來做，因此她常穿得漂漂亮亮出門，跟朋友吃下午茶逛街。儘管如此，永遠都是爸爸在幫媽媽按摩，他是我見過最寵老婆的戀妻狂。

「好了。」媽媽拍爸的手示意他停止，站起來走去廚房，「豪豪我切水果給你吃，你最近都沒吃水果，這樣不行。」

我回房間放書包換衣服，出來時桌上已經有一大盤切好的水梨。

「最近怎麼都這麼晚回來？」媽媽問。

「留校念書。」我沒說謊，只是念書的不是我是好好。

「高二功課應付得來嗎？需要補習就跟爸說欸。」爸伸手要拿水果，卻被媽瞪了一眼，只好乖乖把手縮回去。

「這太多我吃不完，幫我吃啦。」我對爸使了個眼色。

爸爸嘿嘿拿起一片水梨放進嘴裡，媽沒再瞪他，只是關心地看著我。

「補習班學生多環境複雜，還是請家教一對一來家裡幫你上課？」媽媽提議。

「不用啦。」

「媽可以找隔壁的碩士姐姐幫你家教啊，你記不記得小時候常黏著她在樓下玩？」

「吼，真的不用啦，我自己念就好。」

我的語氣不耐，因為我知道媽在想什麼。她覺得我不去補習不請家教是因為我不想面對陌生人，不想把胎記暴露在新的視線底下，她沒有想過不是每件事都跟胎記有關。

這不能怪她，打從我有意識以來，媽媽便把我對胎記的感受擺在第一位，對她來說這就像膝反射一樣自然。

從小我就不愛拍照，也討厭看見相片中的自己。因此家族聚會時，媽媽總會幫我擋掉愛拍照的攝影狂舅舅，還會先整理洗出來的照片，把胎記特別明顯的照片抽掉，弄成一本我還算願意翻開的相簿。

國小的時候，她擔心我被同學排擠欺負，在我生日那天買了三個班級都吃不完的炸雞桶請全班吃，那幾天我真的以為我有很多朋友。但小孩子容易收買，更容易忘記，生日過後一個禮拜就沒人記得那些炸雞了。國小畢業旅行前一天我哭鬧說不想去，媽媽隔天就買機票帶我飛東京，我們連去了三天迪士尼樂園，那是我童年最快樂的三天。

只是我不可能永遠活在媽媽的保護之下，她的能力有限，世界的惡意無限。國中我的書包被倒牛奶，桌子被丟到垃圾場，好幾個人把我拖進廁所，用馬桶刷擼我的胎記。但不論我碰到多少霸凌，都不回家哭訴了，我乖乖跟大家去畢業旅行，在每處景點自己一個人呆逛，結束後沒有留下半張照片。

上高中後，除了白痴闕傑還在原地踏步，霸凌已經進化到一個全新境界。聊天忽略你，眼神避開你，分組忘記你，沒有人會有罪惡感，沒有人會受懲罰，這是更乾淨無痕、更大人的霸凌。

幸好這時我已經免疫，任何打擊都不喊痛，無視一切成為我的專長。到了最後，會一開口就讓我想起臉上胎記的人，反而是最關心我的媽媽，但我卻用不耐語氣回應她的關心。

只是媽媽沒有抱怨，她微微一笑換個話題。

「豪豪生日又快到了欸。」

「還有一個月啦。」

「你都沒說今年想要什麼禮物，很稀奇喔。」

我叉起一塊水梨放進嘴裡，好甜，我想要的東西似乎都有了，「不知道欸，想到再跟妳說。」

「你今年要跟同學去哪慶生？」媽媽突然興奮問我，「要不要請他們來家裡開派對，媽可以幫你叫外燴？」

「在家慶生很無聊欸。」我突然沒了食慾，「我吃不下了。」

我留下半滿的水果盤走回房間，抱著木吉他坐在床緣。

上國中後我就很少跟媽說學校的事了，沒什麼好說的，但她總喜歡旁敲側擊我的校園生活和交友狀況。我知道這是因為她愛我，而努力不讓她知道真相則是我愛她的方式，這兩種方式就像互斥的磁極，我們永遠無法往對方靠近。

我試著彈奏今天想到的幾小節旋律，這總是可以讓我忘掉煩惱，但今天我卻無法專心。整個房間舉目所見都是媽媽的影子，一台電子琴、一套爵士鼓、兩把電吉他、一組高級音響跟數百張ＣＤ，這些是有形的，無形的還有吉他課鋼琴課爵士鼓課。我根本不需要生日禮物，因為媽媽隨時對我都是有求必應。

有時候我不禁會想，如果我臉上沒有胎記，房裡還會有這些東西嗎？

我不知道。

也沒必要知道，因為我臉上就是有這該死的胎記。

一聲清脆的響音突然讓我分神，手機有簡訊，

是好好。

我胸口忽然癢癢暖暖的，彷彿有東西在騷動，這是我第一次發現簡訊不只是文字的排列組合，

還可以是一種感覺。

一種我目前仍不知道如何形容的感覺。

我點開簡訊，不自覺露出笑容。

明天五點半老地方，敢遲到你就死定

7.

人生至今，我所有的期待都是純粹單數，只包含我一人。

我期待放學回家聽新買的ＣＤ，期待收到國外寄來的網購樂譜，期待暑假可以從早彈吉他到晚沒人管我。我不會笨到去期待園遊會、籃球比賽或是校外教學，至少從小四之後就不會了。期待若是加上多數他人，就注定得到失望，這是只有唯一解的二元一次方程式。

但現在我卻開始期待放學後去找好好。

她愛生氣愛捉弄人，數學天分趨近於零，但她從不會讓我意識到臉上的胎記，在好好身邊，我覺得自己就像一個澈澈底底的普通人。

這件事非常不可思議，因為好好絕對是我認識離普通人最遙遠的女孩子。

而這個女孩子，現在正在放學後的體育館小房間放火。

「妳在幹嘛？」我大叫。

沒有窗戶的房間煙霧瀰漫如火災現場，我揮開濃煙跑到好好身邊，她看起來快哭了，正拚命揮動參考書想把著火的木炭弄熄，卻只是讓煙越來越大。

我左右搜尋，發現地上有罐大瓶礦泉水，馬上打開朝黑煙倒下去，水咕嚕咕嚕澆在木炭上，發出一聲銷魂的啊嘶，濃煙很快變成一條黑線，嗆人煙霧漸漸散去，我鬆了口氣，得救了。

好好眼神失焦坐在地上，我從沒看過這麼狼狽的好好，她頭髮凌亂，臉上沾滿黑汙。我蹲在她身旁，拿出衛生紙，用剩下的礦泉水沾濕遞給她。

「擦擦臉吧。」

「……謝謝。」

幫好好上了這麼多堂數學課，這還是我第一次聽到她說謝謝。

「別難過，第一次燒炭這樣算不錯了。」

好好抬起眼睛望著我，花了點時間才明白我在搞笑，嘴角微微上揚，「你燒過喔，這麼清楚？」

「我長這樣能不自殺嗎？」

好好哈哈大笑，總算回復原本的樣子，我也笑了。

「你長得不差啊，只是髮型有點……」好好伸手撥起我的鬼太郎瀏海，我很快別開頭，瀏海又重新落回胎記上。

「全校妳最沒資格評論別人髮型好嗎。」

好好又笑了，她站起來拍拍裙子，我也站起身，她轉頭看向書桌。

「那些怎麼辦？」好好說。

「我才想問妳咧，妳哪弄來的？」

「下午蹺課去買的。」

我看著桌上滿滿兩大包烤肉食材，在心中默默嘆氣。

「妳是有多愛烤肉啊？」

「今天本來跟一個男生約好去吃燒烤，期待了很久，結果昨天竟然發現他有女友，氣死我，但又不想一個人去吃，最後想說算啦，我自己烤總行了吧。」

「妳……還好嗎？」

「怎麼可能會好，那家燒烤多難訂你知道嗎？」

「不是，我是說妳發現他有女友，還好嗎？」
「沒什麼好不好啊，只出去過一次，也不會再出去了。」
「所以他不是妳男朋友？」
「當然不是。」
「那些在校門口等過妳的男生呢？」
「怎麼樣？」
「哪個是妳男朋友？」
「都不是啊。」
「每一個都不是？」
「沒一個是啊。」
「等等，那個胸肌很大每次都穿超憋襯衫感覺一吸氣鈕釦就會高速噴出的男生呢？他連續來等妳一個月，他也不是？」
「你是不是羨慕人家大肌肌？」
「並沒有。」我翻白眼，「回答我啦。」
「他是我的健身教練，健身房試用期一個月，結束後我不想再去，就把他甩了。」
「抓到了！妳剛說甩了，所以你們曾經是？」
「曾經是約會對象沒錯啊，但不是男朋友，我不交男朋友。」
「什麼叫妳不交男朋友？」

「我不相信愛情。」

我看著好好的眼睛，看了很久很久。

曾經我以為我是人類眼神的專家，但我現在不那麼肯定了，因為不管我怎麼看，好好眼中都沒有半點說謊的跡象。

「怎麼可能。」我不信。

「你相信愛情嗎？」

我沉默。

我相信電影中的愛情，也相信現實中的愛情，我相信爸和媽的愛情，甚至也相信關傑未來可能會有的愛情，我只是不相信愛情會發生在我身上。

好好說：「你有沒有看過一張卡通圖，驢子身上綁著一根長棍，把胡蘿蔔吊在牠前方？」

「妳想說愛情就是那根胡蘿蔔？」

「不，愛情是那根長棍，它負責製造人生中最大的幻覺，讓你以為想要的東西近在咫尺，卻永遠都得不到。」

我想了想，「那胡蘿蔔是什麼？」

好好不再開口，她眼中又短暫出現我曾在海灘上見過的憂鬱，下一秒憂鬱消失，她忽然瞪大雙眼。

「我知道了！」

「什麼？」

「我知道怎麼解決那些食物了！」

燒開一大鍋熱水，把食物全丟進去，這就是好好想到的方法，俗稱火鍋。

室內可以煮火鍋沒錯，但這房間當然沒有任何火鍋設備。

「等我一下。」

好好說完就跑了出去，五分鐘後她一臉得意回來，手中抱著卡式爐和不鏽鋼鍋，手肘掛的塑膠袋裡還有一堆叮叮噹噹的碗筷湯匙。

「哪來的啊？」

「我剛去幾個社辦晃一圈就找到啦，很幸運吧。」

幸運個鬼！

「妳偷拿的？」

「是借用，等一下吃完就還回去啦，而且他們還有好幾個，才不會介意咧。」

我就知道，只要跟好好在一起，違反校規就是遲早的事，我怎麼會天真地認為只是教教數學不會有危險呢。我深呼吸平復情緒，暗自祈禱失主就算發現東西不見，也不會找到這個隱密的小房間。

出乎意料，代打的火鍋相當美味。

「也太好吃了吧。」我讚歎，又夾了一片牛肉放進嘴裡，鮮美如置身天堂。

「當然好吃啊，你剛那口就一百塊了。」

我差點沒吐出來。

「那這盒肉不就……一千二？」
「因為沒吃到燒烤很生氣啊，所以都挑最貴的買。」
我看著鍋裡滿出來的食物，這全部不知道花了多少錢。
「總共多少錢啊，我也出一半。」我拿出錢包。
「不用啦，就當束脩好了，你自願花時間幫我補習，我也該回禮一下。」
不對吧，我明明就是被威脅的。
「不行，這太貴了，我出一半。」
「嘖，我剛發薪水想請客不行嗎，少囉嗦嘍。」
我默默收起錢包。
「妳有在打工？」
「有啊，在我家附近的便利商店，幹嘛，你是不是以為我每天都在玩？」
我誠實點頭。
「哪有錢一直玩啊，又不像你，一看就是有錢人家少爺。」
「我家也還好啦……」我答得有些心虛。
「少來，你爸是幹嘛的？」
「就，電腦公司小主管，妳爸呢？」
「不知道。」
「怎麼會不知道？」

「三歲之後就沒見過面了，現在是死是活都不知道。」

我說不出半句話。

「因為從小缺少父愛吧，我對年紀大的男人特別沒有抵抗力。你知道教國文的游老大吧，他退休前我們都會固定在這裡幽會，還有教務主任也是……」

好好突然打住，對著我驚嚇的臉噗嗤一笑。

「騙你的啦，我對老男人才沒興趣咧。」

「不、好、笑！」我用力瞪好好。

「誰叫你先那個臉，沒爸爸又不會死，我才不需要同情。」

我默默撈湯不理她。

「生氣囉？」

我低頭喝湯不理她。

「在想什麼？」好好用手指戳我肩膀。

「在想等一下妳去還鍋子的時候最好被抓到。」

「你才不是想這個。」好好賊賊看著我，「你是在想，你何其有幸能跟我這大正妹一起吃火鍋。」

「對天發誓我真的沒有。」

「過分，你知道我最近為了上你的課拒絕多少人嗎？今天也不是沒人可以陪我烤肉喔。」

雖然知道好好只是隨口說說，我也只是個被脅迫的奴隸家教，但還是隱隱有些開心。

「都是些爛桃花吧。」說完我突然想到一個人，「如果是刺青男妳一定不會拒絕。」

「誰啊？」

「兩條手臂都是刺青那個男生啊，他騎一台很美的檔車。」

「你說小四喔？」好好驚訝看著我，「你怎麼會知道他？」

「我看過他來學校等妳。」

好好皺眉想了一下，「只有一次吧，平常都是我去找他，他很怕麻煩。」

「你們……很好喔？」

「當然啊。」

好好眼神閃閃發光。

「我背上的刺青就是小四的作品。」

8.

曾經有個唱片公司的企劃跟我說，他最嫉妒女友的牙醫。

他本來甚至不知道牙醫是需要嫉妒的，直到有次他亂入女友的姐妹淘聚會。大家聊起看牙話題，女友說她的牙醫動作溫柔，聲音好聽，還沒麻醉就先醉了。現場瞬間暴動，每個女的都說要馬上預約，彷彿他女友剛推薦的不是一名牙醫，而是她最愛的按摩棒。

「你相信嗎，她甚至沒看過他摘掉口罩的樣子，但她的口吻卻好像那牙醫是她此生最親密的人。」企劃一臉痛苦。

歌手和經紀人到了，閒聊結束會議開始，我始終沒機會告訴他，牙醫還不是最讓人嫉妒的職業，真的不是。

「他是我的刺青師。」好好說，眼神閃閃發光。

我若無其事吃著火鍋，腦中無法控制地想像小四幫好好刺青的畫面。女孩趴在放倒的黑色皮椅，像祭台上的小動物，光滑裸背因冷氣低溫微微顫慄，男人的沉靜嗓音撫平女孩的不安，儀式開始，冰涼針具刺入細緻肌膚，血點湧出，是痛楚也是歡愉。那就像初潮，有些東西永遠改變了，也像革命，藉由一名男人的手，女孩推翻自己的身體，再把它拿回來。

被如此俊美的男人在半裸身上留下永恆圖案，是什麼感覺？

我不知道答案，因為我只問了後半句。

「什麼感覺啊？」我把剩下的貢丸全丟進鍋裡。

噗通噗通。

「刺青嗎？沒什麼感覺欸，我差點睡著。」

「不痛嗎？」

「不是我自誇，我非常能忍痛。」好好得意地說，「幹嘛？你也想刺？」

「未成年刺青要法定代理人同意吧，我媽會先殺了我。」

「小四刺青不看年齡的，只看故事。」

「什麼故事？」

「你想刺的圖案背後的故事，就是你刺青的原因啦，只要你的故事可以打動小四，不論幾歲他都願意刺。」

「妳的意思是，沒有故事的刺青，不論多少錢他都不會刺？」

「當然啊，沒故事的刺青就像沒靈魂的詩一樣不該存在。」

「那妳的故事是什麼？」

「祕、密。」

用祕密故事交換刺青，聽起來無比浮士德，也無比性感，我就是在這一刻意識到自己正在嫉妒小四。

更讓人嫉妒的是，好好並不是因為刺青認識小四，而是因為一隻小貓。

國三的好好有天下課在路邊發現一隻落單的奶貓，只有手掌大小，像抹布一樣髒，正可憐地嗚嗚叫。好好把小貓用衣服包著，帶到便利商店想買牛奶給牠喝，結帳時才發現身上沒帶錢。

排在後頭的小四幫她付了牛奶錢，還細心地請店員加熱，然後跟好好一起蹲在路邊，靜靜看小貓喝奶。

後來小四收養了那隻虎斑，好好幫貓取名叫鬼仔，那時好好還不知道，有天她會請小四幫她刺青。

他們的故事就像好好身上所有事情一樣，一點也不普通。我果然沒看錯當初好好看向校門外小四的眼神，小四的存在的確和其他男生都不同，我只是不明白，為何他們兩人僅僅是朋友。

「別鬧了，小四才不會喜歡我咧，他只把我當妹妹看。」好好吼唷了一聲，肉片都撈完了。妳也只把他當哥哥看嗎？

這問題始終留在我腦中，跟著我回家，和我一起上床，隔天在學校仍不時冒出來。放學後我帶著這個疑問上了公車，一不注意時，我已經在圓環下車了。

好好昨天說小四的店就在圓環的巷子裡。

只是她沒說會這麼難找，我從店門前走過三次，第四次才發現門上刻著一行小字：Tattoo Library。

有故事的刺青，刺青圖書館，肯定是這裡了。

我會漏看三次完全不意外，這家店不像其他刺青店外牆貼滿刺青作品照片，只有一面素雅白牆跟一扇刻了店名的木門，相當低調。

我站在門外猶豫著，原本我在圓環下車就只是一時衝動，並沒有多想，頂多期待透過玻璃看一眼小四工作的模樣就可以閃了。但現在什麼也看不到，反而不甘心離開。

巷口突然有路人進來，我像做了什麼虧心事般低頭走開，等到路人消失後，我又默默回到木門前。

你到底想幹嘛啊沈家豪？

我不知道，我只知道要是我今天就這樣回家，我肯定會一直想著這扇木門和門後的小四，吃飯想，睡覺想，上課也想，然後明天我又會在圓環下車，就像今天一樣。

我把手試探地放在門板上，木紋觸感溫潤舒服，讓人心情平和，我開始思考各種開場白，我可以大方地諮詢刺青，或是假裝走錯地方……

不行，還是不行。

我把手放下，我辦不到。

就在我要轉身離開的瞬間，那聲音出現了，飄渺魅惑，彷彿在邀請我進入。

我下意識推開門，聲音的主人就在那裡，虎斑貓鬼仔。

鬼仔又對我深情地喵了一聲，然後轉身朝內走，像是要領我參觀。

屋裡一個人都沒有，白色空間寬敞簡潔，後頭的大片窗戶提供了充分的自然光，要不是有張刺青椅放在中間，我真的會以為走錯地方。

鬼仔走一走突然側身倒下來，舒服地趴在地上，懶洋洋看著我。

有如得到牠的許可，我大膽地在屋內逛了起來。白牆上有我沒見過的法文電影海報，小書櫃擺滿了畫冊和攝影集，灰色布沙發看起來十分舒適，好幾疊ＣＤ隨意擱在地上，就在鬼仔的飼料碗旁邊。

我走向刺青椅，伸手輕撫發亮的黑色皮革，想像好好曾裸身趴在這裡，肌膚感受到此刻我指尖的觸感。我似乎可以稍稍體會好好刺青當下的心情了，這空間有使一切躁動平靜下來的魔力，讓人相信只有最美好的事情會在這裡發生。

就在這時，我看到了牆上的裱框照片。

那是整間工作室唯一一張刺青作品照片，電影海報大小，只有身體局部沒有被攝者的臉。很快我就明白這張照片為何能瞬間衝擊我的心了，那是好好的刺青，那是好好的背。

我走到照片前凝神細看，沒錯，刺青圖案和我印象中一模一樣，但這次我還留意到許多當時沒瞧見的細節。尖角獠牙的惡鬼不像一般鬼頭刺青被龍鱗或浪湧圍繞，而是大朵大朵艷麗綻放的玫瑰，那盛開方式充滿濃濃的訣別氣息，好似下一秒就可以凋謝落土。

在玫瑰簇擁下的惡鬼臉孔也和記憶中不大相同，沒有當初第一眼的恐怖感，反而帶有難以言喻的混亂，眼神彷彿在笑，嘴角又像在哭，似乎同時在經歷痛苦和歡愉，毀滅與重生。

那毫無疑問不是鬼的臉，是人。

「那是我最好的作品。」

我驚嚇轉過身，發現小四站在門口，我剛太過專心，完全沒聽見他進來的聲音。

「抱歉，剛去買菸。」小四似乎一點也不在意有人闖入，隨手把零錢丟在書櫃上，拿出打火機點菸。

近距離細看小四的臉，可以很輕易明白一個事實，美毫無疑問是不分性別的。小四無論從哪個角度看都是教人讚歎的美，可以直接拍下來放進博物館蒐藏，連我身為男性都不禁直盯著他，好好怎麼可能抵擋得了他的魅力？

「貓喜歡你。」小四說。

「嗯？」

「平常有人牠都會躲起來。」小四悠悠吐了一口煙，動作優雅自然，彷彿他已經抽了那根菸一輩子。

瞬間我便打定主意，如果未來我要抽菸，我一定要抽他現在抽的牌子。

「牠叫鬼仔。」小四換手拿菸，走過來伸出手，「我叫小四。」

握手的剎那我腦袋一片空白。

「喝咖啡嗎？」

我回過神，趕緊搖頭，先前想的開場白完全忘光，「我差不多要走了，謝謝。」

「你有帶傘嗎？」

我愣愣搖頭。

「喝杯咖啡吧，雨還要下一陣子。」小四說完就走進後面的房間。

我看向窗外，真的下雨了，雨絲不大但綿密，現在出去一定會淋濕，我只好打消逃跑的念頭。

我漸漸從小四出現的震撼中回復了，沒什麼好緊張的，我甚至發現自己意外自在，小四的視線讓人安心。

小四一進門就看見我的胎記了，但他的目光卻不帶任何情緒，彷彿只是看見一棵樹或一朵雲，沒什麼大不了。好好的視線會讓我忘記臉上的胎記，小四卻是讓我感覺臉上有胎記這件事一點問題也沒有。

小四拿著兩杯咖啡出來，將其中一杯遞給我。咖啡很黑，很苦，大人的味道。

小四一邊喝咖啡，一邊用腳逗鬼仔玩，沒有問我是不是要刺青，也沒有開話題打破沉默，氣氛卻一點也不尷尬，彷彿我這時間在這裡喝他沖的咖啡是再自然不過的事。

我蹲下來摸貓，小四退開讓我跟鬼仔玩。

「牠多大啊？」我搔搔鬼仔的下巴。

「三歲左右，不確定牠生日是哪天，鬼仔是撿來的。」

「鬼仔這名字好特別。」

「撿到貓的朋友取的，她說這隻貓有夠醜，像跨丟鬼，所以叫鬼仔。」

我笑了，這命名邏輯的確很好好。

「牠不醜啊。」

「小時候可醜了，毛東禿一塊西缺一角，還大小眼，能長成現在這樣根本奇蹟。」

鬼仔突然爬起來，頭也不回走進後面的房間。

「生氣了。」小四笑笑。

我不禁嘴角上揚，果然是好好撿到的貓，跟她一樣愛生氣。我站起來，走到好好的照片前，彷彿要把那刺青刻進心裡般長久凝視著。

「喜歡嗎？」

小四來到我身旁，和我一起望著照片。

「我不知道。」我誠實說出自己的想法，「我感覺很……衝突，美和死亡，喜悅和悲傷……」

刺青惡鬼和高中少女。

小四輕輕嗯了一聲，沒有同意也沒有反對。

「為什麼她會想刺這個圖案啊？」

「我不知道別的工作室怎麼樣，但在我這裡，刺青圖案不是客人決定的。」

「那你怎麼會選這個圖案？」

「也不是我，是她的人生故事決定她的刺青，我只負責聆聽，然後將我聽到的故事以刺青這形式表現出來。」

小四的話讓我重新端詳好好的刺青，感受似乎和先前稍稍不同了，雖然還是有許多無法理解的地方，但我好像真的可以在其中瞥見模糊的好好。

「但這個作品不太一樣。」小四突然開口。

「哪裡不一樣？」

「除了刺青者本人的故事外，我還把我對她的感覺也放了進去。」

等等，小四是什麼意思，我瞇起眼睛用力看，想看出小四對好好的感覺到底是什麼，是那些玫瑰嗎？還是哭泣的嘴角？究竟是什麼？

完全不行，我什麼都看不出來，但我沒有放棄，我把目光從照片移到小四臉上。

我可能看不懂刺青，但我看得懂視線。

9.

在我很小的時候，可能才三歲或四歲，就已經知道喜歡是什麼了。我會一直望著可愛的女孩子，希望她們能對我笑，希望可以和她們說話。但我也差不多就在同樣時候，知道這些事都不可能，沒有人會喜歡一個醜八怪，而我就是那個醜八怪。

披頭四歡樂高歌「all you need is love」，但對我來說正好相反，我最不需要的就是愛上別人，我的每次心動都注定是一齣鬧劇，連悲劇都不算。如果沉入海底的不是李奧納多，是又肥又醜的平凡男人，沒有人會因此哭泣。

於是一直以來，我都藏起自己的心意，不論是班上最漂亮的女同學，或是每天一起等公車的鄰居姐姐，我都不可能將我的感覺說出口。我漸漸發現喜歡就像氣球，要持續吹氣才會變大，如果什麼都不做，氣球總有一天會完全漏氣，成為丟掉也不心疼的乾癟遺物。

經過這麼多年的練習，我已經很擅長使氣球不要膨脹，用最快速度消滅任何剛萌芽的感覺。如果有「不去喜歡」這項職業比賽，我肯定會是數一數二的明星選手，毫無疑問。

但我多年累積下來的自信，現在卻像海嘯下的沙堡，輕易地瓦解了。

小四讓我意識到我對好好的感覺已經超過學弟對學姐、家教對學生、奴隸對暴君該有的任何感覺，這非常糟糕，因為好好絕對是全校我最不該喜歡上的女孩。

好好愛玩、到處約會、是風雲人物和八卦中心，最重要的是，她有小四。而小四凝視好好刺青的視線也透露了，他對好好的感覺不只是朋友。

離開小四的工作室後，我很快做出決定，要消滅心中那顆名為好好的氣球，必要時甚至可以直接踩破。

但我卻驚訝地發現無論我怎麼調整想法怎麼暗示自己，好好的氣球始終在那裡，沒有變大，但也沒有縮小。而我還是嫉妒小四，還是期待放課後跟好好一對一補習。

「怎麼那麼早？」好好走進來在我身邊坐下，「晚餐吃了嗎？」

「嗯。」

我說謊，我什麼都沒吃，我緊張到吃不下。今天是我見過小四後第一次幫好好補習，一整天我都在擔心小四會不會告訴好好她學校有個胎記男來過工作室。

「我們開始吧，參考書拿出來，快點。」我不敢看她的眼睛。

好好從側面直盯著我的臉，「你今天怪怪的喔。」

「哪有，妳快拿出來啦，作業有沒有寫？」

好好還是沒有把書拿出來，「很急欸老師，人家今天想先聊聊天兒。」

絕對不行。

「哪有時間聊天，上完高一還有高二要上，妳不是要模擬考了？」

好好沒有答腔，神情忽然轉變，眼神銳利盯著我。

「沈家豪你老實說，你是不是……」

好好打住，故意留下巨大空白，我的心一路下沉，完了，她知道了，我要怎麼解釋我去找小四的原因。

好好臉上忽然浮出賊笑，「終於愛上我啦？不然怎麼教完說好的高一，還要接著教高二？」

我大大鬆了口氣，在心中把所有神明都跪謝一輪。

「想太多，如果今天全世界只剩下妳一個女的……」

「怎樣？」

「我就自殺。」

「去死啦。」好好用力打我手臂，「不管，作業晚點再檢討，我要先跟你說昨天那男的有多噁。」

雖然我不斷說服自己，繼續幫好好補習是出於我身為人類基本的悲憫心，純粹日行一善，不帶任何雜念，但事實明顯並非如此。

我不只期待每次的上課時間，甚至也期待上課之外的閒聊時光。我們會打鬧對嗆，聊各種事情，互動自在熟悉。好好毫無疑問已成為我高中最好的也是唯一的朋友，但我卻開心不起來，因為我發現我不只想當朋友。

我現在就像是一面替氣球吹氣，一面又祈禱它漏氣，矛盾得不得了。而在我猶豫不決的這段時間，氣球正一天天緩慢但確實地變大當中，再這樣下去，它隨時有可能在好好面前爆炸，或許就是今天。

我把腳邊的吉他挪進來一點，以免被經過的同學踢到。上次上課好好提到她想學吉他，我什麼也沒說，今天卻悄悄帶吉他來學校想給她驚喜。

我不確定這是不是個好主意，我不想破壞我們的關係，但這只是一把吉他，不代表任何事情，不代表我喜歡她，對吧——

「你是不是喜歡人家？」關傑的聲音突然從後方傳來。

「蛤？」我心口一震。

「少裝蒜，你從剛剛到現在都一直盯著徐雅婷，你變態啊。」

我愣住，才發現我剛撐著頭想好好的事發呆，沒有焦點的目光的確落在右方的徐雅婷身上。徐雅婷似乎聽到我們的談話，神情有些不自在，但她沒有轉過來，繼續低頭寫她的英文參考書。

徐雅婷是典型的班長，戴眼鏡紮馬尾，人緣和功課都好，女生比男生更喜歡她。但她也是典型的「公平」同學，在所有人都把我當隱形人的時候，她會專程來找我說話。只是她的禮貌會使她下意識避開我的胎記不看，那閃避眼神反而比直視胎記還要傷人。

不過我不怪她，她盡力了，不是每個人都能像好好一樣，好好是獨一無二的。
我把臉轉向左邊，繼續想好好的事，沒有要理關傑的意思，但他卻不放過我。
「黑傑克，你暗戀徐雅婷多久啦？」
我沉默。
「要不要我幫你？怎麼樣，就是今天了，為真愛勇敢一次，讓我幫你吧！」
我給他一根中指。
關傑不知道大腦哪邊受傷，竟然看不懂中指的意思，馬上轉過去拍徐雅婷的肩膀。
「徐雅婷，沈家豪說他喜歡妳。」
徐雅婷轉頭瞪關傑，「你很幼稚欸。」
「猴，徐雅婷幫沈家豪說話，你們是不是互有好感啊，在一起！在一起！在一起！」
關傑越喊越大聲，開始有同學看過來，我對接下來會發生的事瞭如指掌，我說過了，黑傑克是我小學時的綽號，現在這狀況當然也不是第一次發生。
我站起來走出教室，沒有了嘲弄的對象，關傑很快就喊不下去。五分鐘後我回到教室，沒有人理我，彷彿什麼事也沒發生，只有關傑生氣地踢了我的椅子一腳。
想到關傑剛在教室肯定很窘，我不禁浮出笑容。
手機這時收到簡訊，好好說晚上臨時有事，問我可以延後一小時上課嗎，或是改天再上也可以。
我看了看腳邊的吉他，答案再明顯不過了。

10.

體育館小房間，晚上七點半。

已經晚兩個小時了，好好還是沒有出現，打電話也沒人接。

我可以傳簡訊說一聲就先回家，或什麼都不說就直接離開，我絕對有資格這樣做，但我不想。

我比較想知道這段時間好好跟小四在做什麼。

放學時我出去買晚餐，在校門口看到小四和他的車。我躲起來，沒多久好好出現，坐上小四的車離開。

他們到底去哪裡了？

我原本打算利用等待時間念完下週要考的歷史，卻完全無法專心，最後乾脆把吉他從琴盒拿出來，胡亂彈奏打發時間。或許我是認為，只要我待得夠久，就可以等到答案，儘管這一點道理也沒有。

好好是不會回來了。

八點半時我清楚意識到這一點，然後我就開始彈起那首歌，每當我心情不好時都會彈的那首歌。

在所有我亂寫的歌曲中，這是我最心愛的一首，只有旋律沒有歌詞，甚至連歌名也沒有。我都是啦啦啦地唱，然後像哭泣一樣地彈。每次撥弦的時候，我都會有個古怪感覺，彷彿這首歌不是我寫的，而是地球另一端某個人的歌，他有和我一樣傷痕累累的靈魂，也一樣見過那些浸滿淚水的午夜和黎明，但他仍然懷抱希望，仍然溫柔。

我彈完最後一個音，手壓著指板，整個人不敢移動，彷彿這樣就可以讓回聲在心中停留多一秒。

終於，連聲音尾巴的尾巴都消失了，我放鬆肩膀，滿足地深呼吸，感覺體內有什麼黑暗的東西也跟著消失了一點。這首歌總是可以剛剛好地療癒我，沒有一次例外，簡直像奇蹟一樣。

我發現房間裡有人。

我轉頭，看見好好站在門口，我不知道她在那裡站了多久，她臉上都是淚水。

「妳還好嗎？」我驚慌地站起來。

好好沒有回答。

我放下吉他，記得書包裡有面紙，但我卻怎麼樣都找不到。

「可以再唱一次嗎，剛剛那首歌？」好好的聲音很輕，帶著鼻音。

我停下動作看著她，兩秒後我拿起吉他，坐下來，再唱一次。

這是我第一次認真唱自己的歌給別人聽，或許是因為好好的淚水，我唱得比平常還要慢，寂寞許多，也溫柔許多。

好好仍站在門口，眼淚一直無聲掉下來。唱到後來我漸漸開始分不清了，究竟是這首歌讓好好不停落淚，還是因為這首歌能接住所有淚水，好好才允許自己一直哭。

歌曲結束，好好擦乾眼淚，變回平常的好好，走到我身旁坐下。

「妳還好嗎？妳剛去哪裡了？」

「這首歌叫什麼？」

「我還不知道。」

好好皺眉，「你怎麼會不知道？這是誰的歌？」

「我的，我寫的。」

「你寫的？」

「嗯，但還沒有歌名，也沒有填詞。」

「真的是你寫的？」

我點頭，好好靜靜看著我，剛哭過的雙眼濕潤發亮，像湖面倒映的星星。

「這首歌好美。」

很多年後，當我在許多不同的場合，被問到同一個問題時，我都會想起這句話，想起我十六歲的時候，第一次演唱自己的歌給一個女孩聽，女孩對我說，這首歌好美。

這句話就是我做音樂的初衷。

但在那個歷史時刻現場，我並沒有意識到這句話的力量，我甚至沒有試著延長那無比柔軟的一秒鐘，我的反應就像一個十六歲高中男孩一樣蠢。

「我知道啊，顆顆。」

「顆屁。」好好用力打我，魔幻時刻消失，但至少梨窩出現了。

我終於找到面紙，但已經沒有眼淚需要擦了，好好大聲擤鼻涕。

「妳剛剛去哪裡？」

好好繼續擤鼻涕沒回答。

「我看到小四載妳離開……你們還好嗎？」

好好把衛生紙揉成一團塞到我手裡。

「今天不想聊這個，下次再跟你說。」好好拿起我的吉他放在腿上，「怎麼會有吉他？」

「我帶來的，妳不是說妳想學吉他？」

好好隨意撥弄琴弦，「現在不想了，要把時間拿來念書。」

我懷疑自己是不是聽錯了。

好好突然把吉他轉過來，凝視琴頭背面的雷射刻字，「OG？這是什麼意思，你iPod上也有這兩個字的貼紙。」

我沒想到好好觀察得這麼仔細，「Opera Ghost的縮寫，這是《歌劇魅影》主角的署名，我很喜歡《歌劇魅影》，看了超過十遍。」

「我對歌劇沒興趣。」

「它不是歌劇，是音樂劇。」

「隨便啦。」好好把吉他放下，拿出參考書碰一聲放到桌上，「上課吧。」

「蛤，可是，已經很晚了欸……」

我以為就算不彈吉他，我和好好也可以談談心，但好好明顯不這麼想。

「這麼晚你還在等我不就是要幫我上課嗎，已經耽誤你太多時間了，趕快開始吧。」

我當然沒辦法說我留下來是想知道妳跟小四究竟怎麼了，只好乖乖從書包裡拿出課本和參考書，有張紙夾在兩本書中間，好好把它抽出來。

「這是什麼？」

「喔，之前在校門口拿到的傳單。」

我想把傳單拿走，好好卻把我的手撥開。

「你報名了嗎？」

「怎麼可能，這只是隨手拿的傳單，忘記丟掉了。」

好好再次把我的手推開，仔細研究傳單，然後她轉頭望著我，眼神嚴肅認真。

「沈家豪，你一定要報名這個比賽。」

11.

全國高中聯合吉他大賽，傳單上這樣寫。

那是我上個月在校門口拿到的傳單，我說了謊，我並沒有忘記丟掉，我是不甘心丟掉。

我第一次知道這個比賽是高一剛入學的時候，那年的南部初賽辦在另一所高中，我搭火車過去，見到了只在唱片內頁看過名字的製作人評審，但我沒有上台，我是去當觀眾，一名不甘心的觀眾。

創作組的歌曲我每一首都聽了，聽完後更加不甘心，我有自信可以贏過他們，我只是沒有自信上台。

今年的南部初賽選在我們學校舉辦，這也是我遲遲無法把傳單丟掉的原因。這巧合太巨大了，我無法像去年一樣輕易放棄，我腦中始終有個聲音在低語，要我鼓起勇氣報名，就試這一次看看，一次就好。

但直到最後我還是沒有鼓起足夠多的勇氣，我沒辦法站在聚光燈照耀的舞台上被數百人盯著看，更不用說還要開口唱歌了。光是去年在台下想像這一幕，我整個人就不停顫抖。

好好說我一定要報名這個比賽，但她連說服我的機會都沒有，她看見傳單的時候報名已經截止了，剛截止不到二十四小時。

我以為這件事就這樣結束了，沒想到隔天好好卻喜孜孜地跑進體育館小房間，興奮地說她幫我報好名了。

「怎麼可能？」

「負責報名作業的吉他社長很崇拜我之前約會的樂團主唱，我答應幫他弄到下次表演的後台證，他就讓你報名啦，反正才晚一天沒有人會介意啦。」

「我介意啊！」我腦子快要爆炸，「而且妳怎麼幫我報名，妳又不知道歌名，連我自己都不知道。」

「小事，我先幫你隨便寫了一個。」

「什麼？」

「沈家豪。」

「蛤？」

「沈、家、豪。」

「幹嘛？妳有話就說啊！」

「嘖，歌名就是沈家豪啊，你的名字，懂？」

這是什麼無腦蠢歌名！

「妳幹嘛擅自幫我報名啊，我不會去，絕對不會去。」

「為什麼？你那首歌一定可以拿第一名，我都聽到哭了欸，我可以用任何東西跟你賭，一定會第一名，那首歌就是那麼棒。」

我微微一愣，但仍舊不打算讓步，不可能讓步。

「無論那首歌多棒都沒有用，我無法在別人面前唱歌，妳用槍抵著我也沒辦法。」

「少來，你昨天明明就唱給我聽，」

「那不一樣，妳不是別人。」

「那你就當作唱給我聽就好啦，有什麼難的。」

「這不是難不難的問題。」
「那是什麼問題？」
「我不想說。」
「什麼啦，有什麼不能說的。」
我別開視線，想結束話題。
「你很奇怪欸，到底有什麼問題啦！」
我沉默，好好卻不願意放過我。
「你說話啊！你不說我怎麼會懂，你說啊——」
「因為妳永遠也不會懂！」我的音量嚇了好好一跳，我盯著她乾淨無瑕的臉，「妳臉上有胎記嗎？妳知道被別人嫌惡地盯著看是什麼感覺嗎？妳知道我每次走進一個充滿陌生人的空間要忍受多少視線嗎？然後妳還希望我可以面對那些視線一邊唱歌一邊彈琴，對不起我真的辦不到，我沒這麼厲害，可以嗎？」
好好沉默，安靜看著我，整個空間只聽得到我粗重的喘息聲。我在幹嘛，我跟好好說這些做什麼，我無比後悔，但已經來不及了。
時間越走越慢，像厚重積雪壓在身上，好好仍沉默望著我，但我卻無法看她的眼睛。
我該走了。
「昨天是我第一次因為一首歌流淚。」好好說，她的目光讓我無法動彈。

「我其實不太知道怎麼說明，但在聽歌的當下，我感覺好像有人在說我的故事，口吻是那麼溫柔，彷彿我的痛苦他都明白，我的祕密傷痕他都看見了，就只是這樣，覺得有人懂我，眼淚就停不下來……」

好好咬著嘴唇，彷彿不這樣做，淚水就會再次流下來。我沒有說一個字，安靜看著她。

「你說我不懂你的心情，或許吧，但我懂你的歌，那首歌唱的也是我的心情，所以我才希望你去比賽，唱給更多人聽，一定會有人因為你的歌覺得被理解，覺得不再孤單，就像我一樣。」

一滴眼淚突然滑下好好右邊臉頰，她很快伸手抹去，笑了出來。

「煩欸，你又把我弄哭了，不管，你要負責，你就為我上台唱看看嘛，好不好，拜託啦。」

好。

為了妳。

我沒有答應好好參加比賽，但我答應她我願意先嘗試在別人面前唱歌。

此刻我提著吉他拖著音箱，好好拿著裝麥克風、導線和麥架的袋子，我們走在城裡最熱鬧的商圈，尋找合適的表演地點。

「那邊怎麼樣？你可以把器材放在空地上。」好好說。

「旁邊就是垃圾桶欸，垃圾都滿出來了。」我說。

「那邊呢？你可以坐在石椅上彈琴，還有一棵樹遮陽。」好好說。

「對面商家音樂放太大聲了啦，會被干擾。」我說。

「啊啊啊就是這裡了，乾淨又安靜，還有可以給聽眾坐的階梯，完美！」好好說。

「不要啦，這邊太多人了。」我說。

然後好好就生氣了，她要我在三個地點裡面選一個，於是我們又走回垃圾桶旁邊，那裡人潮最少。

我背對行人架設器材，可以感覺到路人投來的好奇眼光，幸好他們的腳步都沒有停下來，否則我的手不知道還會有多抖。

「抖什麼啦你！」好好突然用力巴我的頭，「想那麼多幹嘛，我會做你的第一個聽眾，你就當作是對我唱歌，你一定沒問題的。」

好好說完就留下我走進人群中，被她打過的地方隱隱作痛，但也異常溫暖。

我把吉他背帶背上，音箱ＯＫ，麥克風ＯＫ，瀏海也ＯＫ，一切都準備就緒了。

九把刀說，愛情使人無敵，橘子說，愛情使人無恥，我不知道我現在究竟是無敵還是無恥，我只知道我無比害怕。

我深呼吸，慢慢轉過身，站在麥克風前方，盡力讓雙腳不要發抖。過去的我肯定不敢像這樣站在街頭，但今天我有兩人份的勇氣，今天有好好陪我。

好好站在路中央，無視路人從她身旁川流而過，堅定不移地看著我。漸漸有路人注意到我而放慢腳步，陌生的視線像箭一枝枝射過來，我心跳加速，胎記開始升溫，我又低頭順了一次瀏海。

——我會做你的第一個聽眾，你就當作是對我唱歌。

我抬起頭，對上好好的目光，她的眼睛深邃明亮，像夏日大海。因為那對眼眸，她整個人彷彿在發光。路上人群變得黯淡，逐漸模糊退到背景裡，只剩下好好鮮明地站在那裡，女神般微笑。

我開始彈奏，第一個和弦就撥錯了一個音，第二個和弦沒有按緊，但沒關係，好好的眼神告訴我沒關係，我用顫抖的手指繼續彈下去，第三個和弦沒有問題，第四個和弦完美，前奏結束，我開口唱歌。

走在風中今天陽光突然好溫柔，天的溫柔地的溫柔像你抱著我——

「你為什麼不唱沈家豪？」

「沒有歌詞怎麼唱，等我寫好詞再說，還有，那首歌不叫沈家豪。」

「你還沒想出歌名前它就叫沈家豪，你不唱沈家豪要唱什麼？」

「都可以啊，別人的歌。」

「那你唱〈溫柔〉，五月天的歌我最喜歡〈溫柔〉。」

天邊風光身邊的我都不在你眼中，你的眼中藏著什麼我從來都不懂——

好好說得沒錯，我只要對她唱歌就可以了，一點困難也沒有。此刻我眼中只有好好，她眼中也只有我，我希望這一刻永遠不要結束，就這樣直到永遠。

但當然，一首歌無論多麼長都無法抵達永遠，只是我沒想到，會這麼快結束。

就在我唱到「不打擾是我的溫柔」時，一陣強風忽然吹開我的瀏海，胎記整個露出來。我嚇了一跳，彈快了半拍，風還在吹，我左右擺頭試圖讓瀏海歸位，但一點用也沒有，髮絲在風中亂竄，路人一個個從背景浮了出來，他們全都看見了，眼睛發出灼熱強光，毫不留情射向我的胎記。

我徹底慌了，漏唱歌詞，節拍忽快忽慢，風像是嘲笑我似地不肯停止，所有人都在看我的醜態，我就像個小丑，籠子裡的怪胎，我聽見笑聲，我又彈錯了一個和弦，我甚至嘗試伸手壓住瀏海，胎記像著火一樣燙，這首歌怎麼還不結束，怎麼還不結束……

「醜人多作怪欸，彈成這樣也敢上街，笑死人。」

最後我連一首歌都沒有唱完。

12.

我不讓好好安慰我。

每當她提起那天的事時，我就轉頭不看她，垮下臉不回應。我不想聽到她說有路人稱讚我歌聲好聽，說我最後其實彈得沒那麼糟，說我如果再多練習幾次，一定會慢慢習慣觀眾的目光。

我不想聽，我不想回憶起那天的任何一秒鐘，那是一個錯誤，現在我已經知道了，所以夠了，讓它留在過去就好。

我還是繼續幫好好補習，沒有理由不繼續，我喜歡好好，而且我並不怪她。好好做錯的唯一一件事就是相信我，而我讓她失望了，這比任何惡毒視線任何難堪時刻都教我難受。

所以我不要她安慰我，我不值得。

慢慢地，好好也不再提起街頭演唱和比賽的事了。我們像過去一樣上課一樣開玩笑，高一數學差不多上完了，準備進到高二，我甚至為了好好開始自修老師還沒上到的部分。

好好越來越少出去約會，校門口也不太常看見等好好的男生，我不知道這和小四有沒有關係，我不敢問，我寧願想成是好好終於決定要認真念書了。知道真相不一定會比較開心，現在這樣很好，甚至可以說是我上高中以來最快樂的一段時光。

只是有些時候，我會發現好好沒有看我正在寫的算式，反而盯著我的臉出神，她的眼神總是讓我坐立難安，因為我知道她沒有在看我，而是在看我有機會成為的那個人。

那是我見過最失落的期待眼神。

「生日快樂！」媽媽一臉期待看著我。

我看著面前包裝精美的盒子傻住。今年我跟媽媽說不用禮物沒關係，想要的東西我都有了，沒想到媽媽還是準備了驚喜。

「快打開啊。」媽媽像是自己要拆禮物一樣雀躍。

「這可是你媽好不容易才找到的禮物。」爸爸親密摟著媽媽的肩膀，「不喜歡也要說喜歡喔。」

「你在說什麼啦。」媽媽瞪了爸一眼。

我拆開包裝紙，是《歌劇魅影》十五週年限量Box Set，除了三片ＤＶＤ，還有官方出品的魅影面罩。去年台灣一開賣就完售了，媽媽不知道花了多少功夫才買到。

「怕你跟同學明天去慶生太晚回來，所以提早給你。」媽媽笑著說。

我當然沒有要跟同學去慶生，明天我要幫好好補習，好好不知道是我生日，但這完全不要緊，至少我不用像去年一樣，一個人在麥當勞度過生日了。

有時我會想乾脆跟媽媽說實話算了，但只要一想到十歲生日那天媽媽對我說的話，抱著我痛哭的模樣，就覺得還是說謊好了，實話一點必要也沒有。

「謝謝媽！」我的笑容幾乎要裂到耳朵。

爸看著我搖頭，「你這小子真讓人嫉妒，為何我心愛的女人最愛的男人不是我啊。」

說完爸爸用力親上媽媽的臉頰，媽媽大叫推開他的臉。

「都一把年紀了，噁不噁心啊你。」

「噁心，太噁心啦！」爸爸又把嘴嘟上去，媽媽邊閃邊笑邊尖叫。

我回到房間，仔細翻閱精美的紀念手冊，裡頭有一九八六年倫敦首演的珍貴劇照。飾演魅影的麥可・克勞福深情高歌，飾演克莉絲汀的莎拉・布萊曼在他懷中微笑，沉醉在音樂和愛情的魔力裡。

我拿出盒子裡的純白魅影面罩，和一般廉價穿線面罩完全不同，手感紮實有份量，眉心處甚至有逼真皺摺，跟演員在舞台上戴的面罩一模一樣。

任何人都可以一眼看出我為何鍾情《歌劇魅影》，魅影用面罩遮住的醜陋部位就是我的胎記位置，分毫不差，但除了臉上的巧合外，魅影的故事才是真正吸引我的地方。

魅影藏居在歌劇院暗無天日的地底，相貌醜陋嚇人，需要戴面罩才敢出現在克莉絲汀面前。他有驚人的音樂才華，歌聲絕美動人，深深打動克莉絲汀的心。但克莉絲汀最後還是選擇貴族勞爾，魅影只能孤獨一人在地底的黑暗中，心碎唱著〈The Music of the Night〉。

每次看到結尾魅影的獨唱，我都眼泛淚光。我完全理解外表帶給魅影的折磨與痛苦，並在感到共鳴的同時，被他的歌聲溫柔療癒。

我看著手中的面罩，一個荒謬念頭忽然浮上腦海，如果我戴著面罩上台表演呢？

很快我就笑出來，將這想法刪除丟到垃圾桶。要是這麼做，我剩餘的高中生活肯定會和魅影這名字脫不了關係，走在校園會被指指點點訕笑，關傑會天天在我耳邊唱主題曲，或許還會改叫徐雅婷克莉絲汀，那將會是一場沒有盡頭的災難。

我把面罩收好，忘掉吉他比賽，拿出數學參考書，準備明天要幫好好上課的部份。只是我沒有想到，明天將會和我預期的截然不同。

「沈家豪小弟弟，生日快樂。」

好好看著我的臉，超級得意。我看著桌上的切片蛋糕，超級驚嚇。

「妳怎麼知道我今天生日？」

「嘿嘿厲害吧，比賽報名表要填出生日期，我請在教務處打工的朋友幫我查的。」好好突然臉色一變，手中的叉子咻地伸到我面前，「幹嘛生日不說啊？不屑跟我一起過是不是？」

「我我我不過生日。」我高舉雙手不敢動彈。

「你你你結巴什麼啦，」好好笑著放下叉子，「少騙人了，哪有人不過生日。」

「就……沒什麼好過啊……」

好好瞅著我不太相信。

「算了，反正老娘今天心情好，陪你過一下，不要太感動嘿。」

好好拿出一根蠟燭插上點火，碰碰碰跑去關掉房間的燈，整個世界瞬間縮小到我眼前這一圈燭火，我被溫暖包裹在橙色光芒中，感覺無比安心，彷彿世上所有的不幸和眼淚都與我無關。

又是一陣碰碰碰，好好從黑暗中出現，臉上掛著大大笑容，隔著燭火在我對面坐下，開始唱生日快樂歌。她起key太高，尾音會飄，但笑容完美，因此一切都完美了。我看著燭光在她臉上搖曳，彷彿在跳舞，我永遠不會忘記這一幕。
歌聲結束，好好啪啪啪拍手，「好，許願！」
「第一個……嗯……世界和平。」
好好翻了一個大白眼，「認真許啦。」
「那……希望好好學姐可以考上理想的學校。」
「這還差不多，第三個不要說出來拜託，高中男生最想實現的心願一定很噁。」
我閉上眼睛，從小到大我的第三個願望從來沒有變過，也從來沒有實現過。但今天，我想要許看看另一個願望。
我睜開眼睛，凝視微光中的好好，不知道我的心願有沒有機會成真。
「傻笑什麼啦，許完就吹蠟燭啊。」
我吹熄火苗，童話般的浪漫小空間消失了，一切重歸黑暗。我聽見好好碰碰碰的腳步聲，日光燈亮起，我感覺房間好像和之前稍稍不同了一點，但當然沒有不同。
好好回到座位，神情有些緊張。
「我有禮物要給你，你先把眼睛閉上。」
我嚇一跳，「真的假的啦？有蛋糕還有禮物，對我這麼好？」
「快點閉上啦。」
我閉嘴照辦，心跳因期待而加速，可以聽見好好翻包包窸窸窣窣的聲音。
「不可以偷看喔，絕對不可以偷看。」

「不會，我閉超緊。」我用力到眉心整個皺在一起。

「也不可以動喔。」

「絕對不動。」

咖擦！

我睜開眼睛，一切像是電影慢動作播放，眼前落下紛亂的黑色影子，我下意識伸手去接，掌心感覺到輕微的搔癢，還有絕望的重量。

我低下頭，手上全是頭髮。

來自我瀏海的頭髮。

「你怎麼張開眼睛了，還沒好啦。」

好好逆光站在我面前，黑色剪影中有個地方閃著冷色光芒，那是她右手握的剪刀。那把剪刀再次伸向我的頭髮，我整個人往後彈開，椅子碰一聲翻倒在地上。

「妳在幹嘛……」我不敢置信看著好好。

「你先坐好啦，我再修一下——」

「妳在幹嘛啊！」我歇斯底里大吼，聲音和身體都在發抖，右邊視野習以為常的陰影消失了，瀏海沒有了，瀏海被剪掉了。

好好慢慢垂下雙手，平靜看著我，眼中沒有絲毫歉意。

「你不可以再這樣下去了。」

「我不可以怎樣下去？」我臉頰發燙，腦袋嗡嗡作響。

「你比你自己以為的還要好，你值得被看見，你不也是這麼想的嗎？否則你也不會留著那張比賽傳單，但只要你繼續留遮住半邊臉的髮型，這件事就永遠不可能發生。」

「我一點都不想被看見，妳以為我一直留這髮型是因為好看，因為我喜歡嗎？」

「我知道你留頭髮的原因，每個人都看得出來，所以才更需要剪掉，讓我幫你好不好。」

「幫我？」我瞪著好好，黑暗從心中某個小洞汩汩流出，「我從小到大都在追求平凡不引人注目，最大的願望就是過一天沒有胎記的人生，一天就好，但妳卻主動在背上刺青，剃掉半邊頭髮，把外表弄得特立獨行成為目光焦點，看起來無比刺眼，妳這種人憑什麼對我的人生指指點點？」

好好沉默半晌，眼中有情緒被點燃。

「我從來沒有想成為目光焦點，我只是用盡全力在做自己，如果這讓你覺得刺眼我很抱歉，但你連做自己都不敢，你只會躲在瀏海後面，這跟躲在面罩後的魅影有什麼不同？」

「面罩後的魅影？」我冷笑，「妳對《歌劇魅影》又懂什麼了？」

「或許我沒有看超過十遍，但我還是看得懂魅影的悲劇。克莉絲汀無法接受魅影不是因為他的長相，而是他從來不敢真正面對自己，他只會用暴力、用威脅、甚至用他的音樂天才去追求他渴望的愛，但這些是不夠的，只要他還戴著那個面罩，還無法勇敢去愛自己，他就永遠不可能得到愛，他——」

「夠了！」我怒捶桌子，蛋糕被震到地上，「妳長得好看，一堆人喜歡妳，愛自己當然很容易，妳怎麼會明白魅影的心情，妳怎麼會懂他的痛苦！」

好好安靜下來，看著地上摔毀的蛋糕，神情十分悲傷。

「世上不是只有長相會讓人受苦。」她的聲音輕到幾乎聽不見。

好好轉身拿起書包走向門口，我看著她的背影，腦袋一團混亂，等等，不該是這樣的，不要走，我想喊住她，卻發不出聲音，因為腦中還有另一個我正在大吼，好啊妳滾，我再也不想看到妳！

好好在門口站住，背影無聲對著我，一切靜止，連空氣都沒有移動。

「生日快樂。」

好好轉眼消失，小房間只剩下我一個人。

我不知道自己在原地站了多久，我的意識不在這裡，還留在過去不肯離開。剛才的種種彷彿一場夢，我在夢中造訪天堂，也墜落地獄，只有地上的蛋糕殘骸證明這一切不是我的想像。

我多麼希望全部都只是我的想像。

我四肢著地跪下來，撿起蛋糕放回桌上，雙手沾滿奶油，努力想弄回原本的樣子。但已經不可能了，毀壞的蛋糕無法復原，就像剪掉的頭髮不可能接回去。

我癱坐在椅子上，盯著歪斜可笑的蛋糕，發現剛失態捶桌的我就像被克莉絲汀摘掉面罩的魅影，激動發怒，醜陋無比。

好好的最後一句話仍幽幽迴響在我耳邊。

生日快樂，我對自己說。

13.

我把黑色毛帽拉到幾乎蓋住眼睛，頭低到不能再低，跟著人群走向早晨的校門。

昨晚我在鏡子前檢查倖存的瀏海，只瞥了一眼就全身發冷，稀疏瀏海參差不齊散在胎記上方，反而欲蓋彌彰，看起來噁心又悲慘。

我拿出剪刀修剪，再怎麼樣都比現在好，但我錯了，鏡中的動作和現實對反，我始終無法把剪刀移到正確的位置，兩三刀後我就發現自己正在重新定義醜的極限，趕緊住手。

我丟開剪刀，突然好氣好好，氣她的自以為是，氣她無法理解我的感受。但我更氣自己，要不是我這大白痴先喜歡上人家，這一切全都不會發生。

此刻我在人群中胎記微微發燙，校園不允許戴帽子，我的造型因此吸引了不少視線。就讓他們看吧，戴毛帽的胎記男總比醜瀏海的胎記男好。

隨著逐漸接近學校，我的心跳也越來越快，老黃就站在校門口，兩隻眼睛像監獄探照燈左右掃射。我的頭更低了，沒事的，人這麼多，他不會看到我的。

老黃突然攔下一個違規男同學，我趁機低下頭，混在人群中快步走過校門，順利過關。

我鬆了口氣，但心情依然沉重，這樣的日子還要過多久，瀏海長到不再可笑至少要兩週，要回復之前的長度甚至要——

「那個戴帽子的！」

我渾身一抖，心臟像被一隻巨手緊緊捏住。

「就是你啦！還懷疑啊！過來！」

我緩緩轉身，老黃雙手叉腰，直勾勾盯著我。我低著頭朝他走去，所有人都在看我，所有眼睛都黏在我身上。

我走到老黃面前。

「第一天上學啊，學校不可以戴帽子你不知道？」

「知道……」

「知道還不脫下來！」

我盯著腳尖，緩緩摘下毛帽，腦袋一片空白，感覺自己此刻彷彿全裸。

四周一片死寂的沉默，那比竊竊私語更恐怖難熬。老黃的視線灼熱掃過我的胎記和瀏海，跟其他看好戲的目光混在一起，像巴掌啪啪打在我臉上。

「今天就先這樣，以後不要在學校戴帽子啊。」

老黃的聲音突然軟下來，但這反而讓我更難受。差別待遇代表你和別人特別不同，以我的狀況來說，是特別醜。

一離開老黃的視線我立刻戴上毛帽，很快跑回教室。儘管教室裡也有好奇訕笑目光，但至少不像校門口那麼難以忍受。

關傑一如預期拼命說帽子的垃圾話，甚至一度想伸手脫掉我的毛帽。但他今天惹錯人了，我大力揮開他的手，他手腕重重撞上桌子，後來便不敢再動手動腳，垃圾話也少了許多。

這樣就好了，這樣忍著忍著一天就會過去了。

只是我忘了今天有數學課。

數學課讓我無法控制地想起好好，沒辦法不去想，因為老師上的內容我都會了，我為了幫好好補習已經先念完了。

但我和好好卻不會再見面了。

放學時我站在籃球場邊，瞪著三年級學長姐的格物樓。

我不知道我在這裡做什麼，如果我真的看到好好又怎麼樣，我要和她說什麼？要她向我道歉嗎？還是我要跟她道歉？

很快我就發現我不需要煩惱這些問題。

我忘了關傑每天放學後都會跟他的狐朋狗友衝籃球場，此時在我身後兵荒馬亂的運球投籃聲中，他的嗓音可怕得清晰。

「你們看他！超蠢！」

關傑的白痴笑聲像一張網子從我頭上罩下，無處可逃，纏著我越縮越緊。他朋友也加入一起笑，他們的癲狂笑聲又引來更多目光，全都像附有追蹤晶片的導彈朝我射來。

毛帽下的胎記又辣又燙，我要走了，但我卻動彈不得，因為好好正站在格物樓外頭，隔著一大群人冷冷看著我。

我腦中響起滾水煮開的汽笛聲，一切都在沸騰，好好的眼神，關傑的笑聲，周遭如壓力鍋般的集中目光，全都混在一起炸開。

好笑是吧，那就笑個夠吧，我豁出去了，雙眼死盯著好好，伸手扯掉毛帽，胎記的熱焰瞬間傳遍全身，我整個人都在發燙，皮膚簡直要燒起來，有如正午站在沙漠中央的殉道者。

好好妳看清楚了，這就是妳的傑作，這些笑聲和嘲弄也是妳一手造成的，千萬不要移開視線，好戲現在才要開始！

我轉過身，朝大笑不止的關傑走去，來吧，把一切推到高峰，像煙火般燦爛地毀滅吧。

但我卻愣住了。

我雙腳麻痺，無法再前進一步。

關傑和朋友們背對我坐在籃球場邊，場上一個男生把兩顆排球塞在衣服裡當胸部，動作誇張地運球上籃，假胸部劇烈晃動，所有人大笑不止。

我呆呆站在原地，一顆排球從男生衣服裡掉出來，大家又是一陣狂笑，始終沒有人轉過頭看我。

他們從一開始就沒發現我的存在。

怎麼可能……

我左右四顧，心臟噗通狂跳，球場上打球的人，場邊等待的人，放學回家的人，石椅上坐著的人，從廁所出來的人，參加社團活動的人，沒有一個人在看我。

沒有一個人。

我伸手摸上額頭的胎記，一片冰涼，先前的灼熱感消逝無蹤。那些尖銳刺人的視線跑去哪裡了？我不斷搜尋，一張臉看過一張臉，但仍舊什麼都沒有，到底怎麼回事？

突然有人朝我看過來，胎記瞬間發燙，我忍住別過頭的衝動，強迫自己看回去，結果發現那是極其普通的目光，沒有任何惡意，沒有多作停留，胎記也很快回復正常。

我有些暈眩，彷彿置身在一個重力不一樣的星球，一切都和過去截然不同。

從小到大，有數不清的視線曾讓我的胎記發紅發燙，久而久之，我便把胎記和視線畫上了等號，現在我才明白並非如此。

胎記的感覺並非來自視線，而是來自我難過委屈的心。過去的經驗讓我的心十分容易受傷，因此只要有一點誤會，我的心就會流出看不見的血，讓胎記升溫，幻想出不存在的視線。

此刻我站在人來人往的校園，心情無比激動，第一次知道我並不需要瀏海或毛帽，只要鼓起勇氣，不再逃避目光，胎記就不會輕易發熱了。

我忽然想起好好，卻到處都找不到她，她不在格物樓前面，不知道什麼時候離開了。

我已經知道我要跟好好說什麼了。

但這樣還不夠，我還需要做一件事。

一件超級瘋狂的事。

14.

早上出門前我決定把毛帽留在家裡，帶吉他就好。如果毛帽也在身上，難保我不會在最後一刻害怕地戴起來。

上學途中我一直提醒自己把頭抬起來，沒事的，我已經不是過去的我了，無論內心還是外表都一樣。

我伸手撫摸微涼的頭頂，昨晚我跑進第一家看見的髮廊，很快剪了一顆三分頭。既然我不需要毛帽和瀏海遮掩，不如就全部剃光更痛快。但這髮型不只是一種發洩，更是一個宣言，一個我想讓好好聽見的宣言。

彷彿要確定什麼一般，我又伸手摸了一次頭頂，掌心刺刺的很舒服，我喜歡這觸感。不論最後結果如何，昨晚的決定都至少有一個優點了。

我抬頭挺胸邁步走，四周只有幾個人曾看向我，看完也很快就失去興趣。我增加了點信心，一路走到教室門口，真正的考驗現在才要開始。

我深吸口氣踏進教室，從正在聊天的兩名同學間穿過，他們聊天的聲音戛然而止，這狀況如漣漪迅速擴散至全班，三秒內整間教室都沉默了。

我走向我的位子，胎記像被雷射光加熱一樣燙，這毫無疑問不是錯覺，此刻所有人都正盯著我。不幸中的大幸是關傑還沒來，我在位子上坐下，掛好書包，抬起頭面對所有目光。

要看就看吧，我不會再逃避了。

大部分目光都在我抬起頭的瞬間移開了，少部分又多停留了一會，但並沒有太多惡意。只有一兩個同學眼中帶著看好戲的光芒，但發現我一直盯著他們看後，便悻悻然轉過頭去。

聲音慢慢回來了，大家又繼續原本在做的事，聊天的聊天，讀書的讀書，打掃的打掃，教室重新恢復生氣。我則像耗盡所有力氣般倒在座位上，結束了，我撐過去了！

「那個……沈家豪……」

我嚇一跳坐直身體，聲音來自右邊的徐雅婷，她鏡片後的目光有猶豫神色，我心中七上八下，她想幹嘛。

「我覺得……你的新髮型很好看。」

我澈底愣住，驚愕看著她，說不出一個字。我長這麼大還沒有被人稱讚過髮型，一次也沒有。

「謝……謝謝……」

徐雅婷臉上漾開笑容，眼睛發光望著我。

「你是不是喜歡綠洲？」

「綠洲？」

「我上次看到你在聽他們的歌，」徐雅婷有些不好意思，「不小心看到的。」

喔，綠洲樂團，OASIS。

「嗯……我很喜歡。」

「我也是，新專輯你最喜歡哪一首？」徐雅婷不等我回答就繼續說，「我最喜歡〈Songbird〉，我的夢想就是有天出國看他們的演唱會，Liam超帥！」

沒想到平常文靜念書的班長竟然是英搖迷妹，眼中的愛心光芒極為耀眼，我有些驚嚇，但又意外親切，感覺我和徐雅婷的距離瞬間拉近了。

我還在思考最喜歡哪一首歌，早自習的鐘聲突然響起。

「先開班會，晚點再聊。」徐雅婷笑著說，起身走上講台。

我望著台上徐雅婷要大家安靜的認真神情，忽然覺得之前批評她的自己有夠差勁。一直以來她都鼓起勇氣和我這個自閉同學說話，我卻對她的視線挑三揀四，殊不知沒有勇氣一直逃避的人根本就是我。

今天是我們第一次來回超過兩句話，我決定下次要換我主動開口，我也想知道她最喜歡的綠洲專輯是哪一張。

一道黑影忽然跑進教室，是遲到的關傑。我全身瞬間緊繃，他肯定不會無視我的新髮型，果然沒錯，他看到我後立刻停下腳步。

「哇操！」關傑瞪眼大叫，神情又驚又喜。

「關傑你快坐好啦，班會要開始了。」徐雅婷瞪他。

關傑乖乖走到位子上坐下，見獵心喜的目光始終釘在我身上。徐雅婷要大家舉手提議園遊會主題，背後的關傑突然抓住我的椅子，咖啦咖啦猛搖。

「欸欸，你是大冒險輸了還是怎樣，沒有瀏海我以後要怎麼叫你黑傑克啦！」

我沒有理他。有位女同學提議男僕咖啡廳，女生們紛紛附和叫好，男生們哀號連天。

「你昨天戴毛帽就是因為這顆頭喔？你去哪剪的啊，我以後絕對不要去那一家。」

我還是沒有理他，關傑突然把手縮回去，椅子安靜下來，我以為他放棄不玩了，他卻忽然抓著一把小鏡子伸到我面前。

「你剪完後有照過鏡子嗎？要不要再看清楚點，你還是把毛帽戴上吧，很嚇人欸！」

鏡子亮晃晃映出我的死老鼠色胎記，醜陋刺眼，強烈的厭惡感瞬間攫住全身，我差點就要撇過頭了，但我沒有。

我不能逃避！

這是我的胎記，如果連我都不敢直視，還能要求別人什麼。我一語不發盯著鏡子裡的胎記，然後挑釁地對上鏡中關傑的目光。

關傑臉上的笑意瞬間消失。

「看屁啊！」他把鏡子抽走。

「關傑！」正在寫黑板的徐雅婷生氣轉身，「不要一直講話，要發言就舉手。」

「好啊，我要發言。」關傑吊兒郎當站起來，「我提議鬼屋，沈家豪不用化妝就可以嚇死人，不辦鬼屋太可惜了，浪費人才啊！」

關傑說完笑了兩聲，但沒有人跟著笑，講台上徐雅婷的神情嚴肅凝重。

「人身攻擊是非常惡劣的行為，我希望你有一天可以學會尊重別人，我不會把鬼屋寫上去，你下次想清楚再發言。」徐雅婷每個字都說得鏗鏘有力，我幾乎想站起來幫她鼓掌。

關傑一時語塞，但他很快就使出最無賴的招數。

「哎喲，果然好恩愛好甜蜜，還幫沈家豪罵人咧，你們是不是偷偷在一起啦？」

「你少無聊了。」徐雅婷不想理他，但關傑還不打算結束。

「各位觀眾！」關傑突然朝天花板伸出食指，誇張地吸引所有目光，然後緩緩指向徐雅婷，「我知道沈家豪為什麼要換髮型了，妳，上禮拜是不是跟陳芳瑜說妳喜歡平頭男生？」

「對對對我也有聽到！」坐陳芳瑜旁邊的男生激動附和，男同學們紛紛配合地「喔」了起來。

徐雅婷臉色蒼白，焦急辯解，「那跟沈家豪又沒關係……」

「怎麼會沒關係，沈家豪就是為了妳換髮型啊，然後妳又幫他說話，你們根本就喜歡彼此吧，在一起！在一起！在一起！」

關傑邊喊邊拍手。又來了，有夠幼稚，但這次卻吸引不少人加入，就算沒出聲的人臉上也帶著笑容。

「不對不對！」關傑突然揮手要大家安靜，「他們既然互相喜歡，就直接趕進度啦，親一個！親一個！親一個！」

這三個字像某種瘋狂催化劑，拍手叫喊的人瞬間多了兩倍，幾乎要把教室炸開。徐雅婷孤立無助站在講台上，被粗暴的聲音海嘯淹沒，看起來快哭了。就算我現在離開教室也沒用了，我必須要站起來做點什麼。

但我還是慢了一步。

徐雅婷掉下眼淚，摀著嘴衝出教室，喊叫聲瞬間中斷，兩三個女同學很快追了出去。

「猴，關傑你弄哭人家了啦。」一名男同學笑著對關傑說。

「她自己愛哭干我屁事。」關傑滿不在乎。

夠了，我轉身面對關傑，要是我現在不發聲，這話題將會一直糾纏徐雅婷，標籤一旦貼上就很難撕下了，我比誰都清楚。

我直直看進關傑眼裡，但他卻沒有看我，他的視線在別的地方。

天啊……

我發現關傑正出神看著徐雅婷跑出去的前門，眼中的後悔清晰可辨，其中還有幾乎無法察覺的溫柔光芒。

絕對錯不了，關傑喜歡徐雅婷啊！

突然一切都連起來了。徐雅婷高一下當上班長後，關傑才開始喊我黑傑克。這學期徐雅婷坐到我旁邊後，關傑更變本加厲，常大聲嘲弄我，吸引徐雅婷回頭瞪他罵他。而徐雅婷生病沒來的那天，關傑就幾乎沒跟我說話。

關傑你這個大白痴！

都已經是高中生了，怎麼會想用霸凌同學來吸引女孩子注意，還慫恿她跟別人親一個，腦子到底是進了多少水。但轉念一想，他會像小學生一樣喊我黑傑克，這一切似乎都可以理解了。

關傑終於發現我的視線，趕緊撤下後悔目光，故作兇狠地說：「怎樣？」

我沒有答腔，像保育員觀察野生動物般繼續盯著他，關傑被我看得有些不自在，又說了一次怎樣，但語氣弱了許多。

一直以來，我都很羨慕別人在追求愛情的路上可以不用考慮胎記問題，但此刻我才知道，有些事情遠比胎記還重要，而有些人要得到愛情遠比我還困難。

我笑了。我突然覺得關傑有點可愛，蠢得可愛。

我的笑容讓關傑瞬間手足無措，他慌亂移開視線，不敢看我，也不敢說半句垃圾話。他根本就不是胖虎，而是假裝成胖虎的大雄。

不如，我就當一次哆啦A夢吧。

「徐雅婷很有正義感，不會喜歡欺負同學的人。」我湊近他低聲說，關傑頓了一下，目光緩緩移到我臉上，困惑又混亂。

「她喜歡能一起聊音樂的男生，而我剛好知道她最愛的搖滾樂團叫什麼。」

關傑花了點時間才聽懂，眼睛瞬間瞪大，微張的嘴唇好不容易才吐出一句話。

「叫、叫什麼？」

我拿筆在他手上寫下大大的OASIS。

「不要說是我說的。」

關傑看著我愣愣點頭，沒有要否認他對徐雅婷的感覺，也沒有要問我為何告訴他這些，這傢伙腦袋的迴路到底是多不正常啊。

不管了，我轉回來，接下來他只能靠自己了，就像我也只能靠自己搞定我和好好的問題。

我看了看腳邊的吉他，伸手撫摸刺短頭髮，沈家豪你可以的，我深呼吸拿出手機，傳訊息給好好。

15.

大學最後一年我獨自騎車環島，喜歡找沒人的地方紮營過夜。有天晚上我在山區紮營，半夜寒流溫度驟降，大雨下個不停，我在便宜睡袋裡拚命發抖，又濕又餓又冷，整晚沒睡等待天亮。

那是我記憶中第二折磨人的等待。

無論黑暗多麼漫長，總是能等到黎明，但最折磨人的等待，卻是在等一個未知，一個問號。

就像此刻我坐在楓林大道的石椅上，抱著吉他等好好。

早上我傳簡訊請她中午到楓林大道找我。如果好好看到我的新髮型，看到我在人來人往的楓林大道唱歌，或許就願意再相信我一次，相信我真的能變成一個更好的我。

我從十二點坐在石椅上後，心臟就一直狂跳，身體沒有停止顫抖，抓著琴頸的手全是汗水。楓林大道和街頭鬧區不同，面前隨時會出現認識的人，但為了好好，就算被恥笑一萬年也沒關係，只要她能再對我露出梨窩笑容，什麼代價我都願意。

我發現九把刀和橘子都錯了，不是無敵也不是無恥，真正的愛情，使人無畏。

只是，午休都快要結束了，好好還是沒有出現。

我在褲子上擦擦手汗，發現楓林大道上的臉孔開始重複了。爬牆到校外吃午餐的人回來了，一下課就衝球場打球的人也陸續走回教室，我還是沒看見好好。

我想起昨天見到她的最後一眼，她面無表情，眼神冷漠，她已經決定不再理我了嗎？

一群剛打完排球的女生從我面前經過，她們開玩笑拿球互砸，一陣嘻嘻哈哈，球不小心滾到我腳邊。

我彎身撿起排球，抬頭的瞬間我呆住了。

我看見好好。

隔著一整群嬉鬧女生，隔著一條楓林大道，好好就站在對面一棵楓樹下。

她動也不動，瞪大的雙眼直直看著我的新髮型，無比驚訝。

我很快把球拋回去，毫不猶豫跳上石椅，我已經等夠久了，不管面前一大群女生正看著我，我用力刷下和弦，眼中只有好好。

一樣是〈溫柔〉，但我唱得很不溫柔，沒有麥克風的我聲嘶力竭，只希望聲音能傳到好好那裡。

好好噗嗤笑了。

我唱得很爛，但這次我唱完了整首歌，這比什麼都重要。

耳邊忽然響起稀疏掌聲，我嚇一跳，才發現排球女生們還在面前，除此之外還有些人零星站在外頭，視線和笑臉將我包圍。我的胎記瞬間發燙，但很快就降溫了，那些笑容並不帶嘲諷，只是單純的開心笑臉。

上課鐘聲響起，人群很快散去，才一轉眼好好就不見了，到處都沒看到她。

突然手機震動，好好傳來簡訊，說晚上老地方見。

我走進無人的體育館小房間，隱隱有些激動，雖然只過了兩天，卻感覺恍如隔世，眼前所見和上次離開時一模一樣，但除此之外的一切都轟轟烈烈地改變了。

好好突然出現在門口，腳步雀躍來到我面前，笑嘻嘻盯著我的頭髮。

我看著她，突然有股好心安的熟悉感。

「中午的時候，我差點以為妳不會出現了。」我說。

「本來是沒打算去啊，你叫我去我就去，多沒尊嚴啊。」好好撇撇嘴角，「不過最後還是想說去看一下，沒想到你竟然在大家面前唱歌，吃錯藥了嗎？」

好好眼中都是笑意，我也揚起笑容。

「好聽嗎？」

「難聽死了。」好好大翻白眼，「原本想等你唱完去虧你，好險我突然想起你不喜歡被看見跟我在一起，趕緊閃人，應該沒被發現吧？」

「喔……沒關係啦……被看到也不會怎樣……」

和妳比起來，那些事情都不再重要了，完完全全不重要。

「不行，我答應過你了，要說到做到。」

看著好好的認真眼神，我也無法再說什麼，我微微低下頭，現在有更該說的話。

「那個……對不起，我不該把妳準備的生日蛋糕弄到地上，也不該說妳利用外表成為目光焦點，我知道妳沒有，我也不覺得妳刺眼，那些都是氣話，真的很抱歉。」

「吼，你幹嘛先道歉啦，要不是我先剪你頭髮你也不會這樣，我才要跟你道歉。」

好好突然對我九十度鞠躬，嚇了我一跳，她的語氣誠懇，一點也不像在開玩笑。

「對不起沈家豪，我不該擅自剪掉你的瀏海，真的很過分，超級白目，我有好好反省了，請原諒我。」

好好維持同樣姿勢不動，我呆呆看著她的後腦，不知如何是好，異樣的寧靜浮在空氣中。

終於，好好歪頭偷看我。

「不說話就是原諒我囉？」

我愣住，點點頭。

好好浮出笑容，總算直起身體，又盯著我的頭左看右瞧，似乎很滿意。

「不是我在說，真的是剪掉比較好吧，是不是，你現在這樣帥多啦。」

好好突然朝我伸出右手。

「哇！好好摸喔！」

好好臉龐發光，興奮撫摸我的頭髮，我整個人僵硬無法動彈，全身的血液和神經都集中至頭頂，好好的溫暖小手來回移動，無比舒服，令人暈眩的幸福感不斷湧出，如果能將這一刻凝止在琥珀中，我甚至願意出賣靈魂。

終於，好好的手抽回去，美夢結束，我雙腳虛浮像踩在雲端，還無法馬上回到現實世界。

我突然明白少女漫畫主角被摸頭的感受了，但我的角色設定完全搞錯了吧，可惡，下次一定要換我摸好好的頭。

「你在想什麼，表情突然好變態？」好好斜眼看我。

「啊我就死變態啊。」

「哼，終於承認了吧。」

我們都笑了，一時間沒有人開口，我們靜靜看著彼此，笑容慢慢淡去，我發現好好清澈透明的眼珠裡，有某種我未曾見過的東西。我胸口緊緊的，美好的沉默包圍我們。

「我們，沒事了？」我試探問。

「嗯？有什麼事？」

「沒事。」我微笑，沒事就好。

「不對，有事！」好好突然走到書桌前坐下，把背包裡的參考書拿出來，「下週就要模擬考了，你還沒教完這次的進度欸。」

「蛤？」我愣在原地。

「蛤什麼，開始上課啦，你以為我今天叫你來幹嘛，聊天喔？」

我走到好好身邊坐下，真的沒事了。

「傻笑什麼？」

我搖搖頭，繼續傻笑，「對了，如果我想要再上街頭練習，妳可以陪我嗎？」

好好不敢置信地瞪大眼，「你願意參加比賽了！」

「我還想再多練習幾次看看啦，但沒有意外的話……」我筆直看著好好的眼睛，「我想要參加。」

好好臉上綻開我見過最大的笑容。

「那有什麼問題，一定陪你，絕對陪你！」好好起身把參考書丟進書包，「走吧！」

「蛤？」我又愣在原地。

「沒心情上課了，我們現在就去找地方表演。」

「可是我今天什麼都沒帶欸，沒有麥克風音箱——」

「那些東西去吉他社借一下就有啦，別婆婆媽媽了，走吧！」

好好背起書包衝去門口，跑下樓梯消失了，兩秒後，從樓梯下方傳來好好的嗓音，她正在大喊我的名字。

我心臟用力跳動，抓起吉他書包，從來沒有這麼想趕去一個人身邊。

16.

我很欣賞的美國作曲家菲利普・葛拉斯曾說他只有一個創作訣竅，那就是早早起床，工作一整天。

二十八歲前後我經歷過一段低潮期，覺得自己才華稀薄，每天在工作室都快要窒息。當時我偶然看見這句話，像是抓到一塊救命浮板，用麥克筆寫在白板上，好不容易才走出創作黑洞。

靈感枯竭這種事我在年輕時完全無法想像。

高二時的我只花了兩個晚上就把〈沈家豪〉的詞填好，嚴格來說只用一個晚上就寫完了，第二個晚上只改了兩個字。

定稿的那天，我在書桌前抱著吉他反覆輕唱，確認每個字音和情感與旋律相符，媽媽在這時拿著一碗甜湯進來。

「我待會吃。」我還不想把吉他放下。

媽媽沒說什麼，在床沿坐下，微笑看著我。通常這都代表她有話想說，我只好把吉他放下。

「你的新髮型……同學有說什麼嗎？」

媽媽第一次看到我的平頭時非常驚訝，一直問我是不是發生什麼事了，我說我只是膩了想換造型，她還是不相信，纏著我問了一整晚。

「不錯啊。」這次我真的沒說謊了，好好和徐雅婷都說好看。

媽媽點點頭，沒有繼續追問，她的視線落在書桌上，我趕緊把寫著歌詞的筆記本蓋起來。

「你最近怎麼一直帶吉他出門，是不是參加社團了？」

「哪有人高二才參加社團。」

「那你帶吉他出門做什麼？」

我不想說實話，因為媽媽肯定會想來看我比賽。

「就跟朋友……隨便玩點東西。」

媽媽眼睛瞬間亮起來，「你們在組樂團嗎？」

「沒有啦，大家聚在一起亂彈而已。」

「什麼時候會有表演啊？」

「自己玩而已哪有什麼表演。」

媽媽有些失望，我趕緊轉移話題。

「爸人呢？」

「他喔，去夜市買糖葫蘆了。」

「幹嘛突然買糖葫蘆？」

「剛剛電視新聞拍到夜市糖葫蘆，我隨口說好想吃喔，你爸就衝出去買了，我也攔不住他，跟個小孩子一樣。」

「不錯嘛，結婚這麼久了還這麼熱戀。」

「只有他熱戀，我是配合他。」媽媽嘴巴嫌棄，眼睛卻在笑。

「當初爸也是這樣追妳的吧，瘋狂工具人模式？」

「當初啊……」媽媽突然有些害臊，像個小女孩扭來扭去，「其實是我主動的。」

「妳倒追爸？」我大驚。

「當年也不是沒有人追我，但我就覺得你爸安安靜靜看起來特別順眼，怎麼知道在一起後那麼聒噪，還黏人黏得要死，現在我跟別人說是我先追你爸都沒人相信。」

媽媽突然認真看著我，「你現在有喜歡的人嗎？」

「怎麼突然問這個？」我嚇一跳。

「因為你都不主動跟我說啊，有嗎？」

「沒、沒有啦。」

媽媽靜靜盯著我沒有開口，我的心噗通狂跳，終於她移開視線站起來。

「不管怎麼樣，媽只希望你開心，開心就好。」

我也希望開心就好，但如果，喜歡一個人和開心是兩件互相牴觸的事呢？

此刻我在百貨公司露天廣場的樹蔭下等好好，一面想著這個問題。

最近這三個禮拜我們上街表演了四次，每次都是好好指定一個地方，我唱歌她當觀眾，我努力克服緊張她幫我加油，兩個小時結束後，我們就分頭回家。

每次結束後我都想問她要不要找個地方坐一下，喝杯咖啡，甚至看場電影，但我總是無法鼓起勇氣。我怕我一旦開口後，魔法就消失了，馬車會變回南瓜，好好會發現我跟那些想約她的男生沒有不同，然後這一切就結束了。

今天是比賽前最後一次街頭演唱，昨晚我不斷說服自己，表演完請好好喝咖啡謝謝她的幫忙十分合理，就放膽去做吧。但直到這一刻我依舊無法下定決心，非常沒用。

不遠處三個男生的說話聲突然吸引我的注意。

「欸你們看！」

「靠我的菜。」

「你明明就喜歡長髮，這我的菜啦！」

我順著他們的視線望過去，瞬間看呆了，我從來沒見過好好在校外穿裙子，花裙被風吹得飄逸翻捲，像一幅流動的畫，也像一首小步舞曲，她踏著曲子走過來，耀眼燦爛，一秒照亮眼前的平凡廣場。

「你的菜你上去搭訕啊，只敢嘴。」

「搭你媽啦，這一看就是要去跟男友約會。」

「欸欸，走過來了啦。」

三個男生你推我我推你，眼睛都牢牢盯在好好身上，我也不例外。好好則看著我露出笑容，朝我輕快走來。

「沒等很久吧？」好好笑著說。

一旁突然冒出騷動，我有不好的預感。

「欸幹，現在是怎樣，那她男友喔？」

「怎麼可能，完全不配啊，長那麼醜。」

「人家在cosplay啦，美女與野獸，懂不懂？」

一串噁心笑聲爆開，我不知道好好有沒有聽見，我不敢看她，我現在只想趕快離開這裡。

「這邊太熱了，我們換去後面那邊吧。」我說。

我還來不及移動，好好就牽上我的手，一切都發生得太快了，等我回過神時，我已經被好好帶到那三個男生面前。

我驚訝看著好好的側臉，以為她會發飆罵人，但她什麼也沒說，只是緊緊握著我的手，輪流瞪眼前三個人。

三個男生似乎嚇到了，一聲不吭很快閃人。

他們的身影完全消失後，我和好好還站在原地，手還牽在一起。

我望著前方，腦袋暈眩，心跳快到無法數。好好的手和記憶中一樣柔軟冰涼，握在掌心大小適中，每個地方都完美吻合，彷彿我們的手生來就是要和彼此牽手。

終於，好好放開我的手。

「啊啊啊氣死我了！」好好在胸前握起兩個拳頭，「好想給他們的蠢臉一人一拳！」

「胯下再一人一腳。」

「對！讓他們絕子絕孫，敗類的ＤＮＡ沒有傳下去的價值！」好好說完對空氣狠踹一腳，氣勢驚人。

我不知道該怎麼解釋那一刻，或許是因為手中還殘留好好手的觸感，或許是因為好好那一腳踢得超級痛快，我腦中糾結的線團瞬間消失，想也沒想就脫口而出。

「等一下表演結束後，要不要去喝咖啡？」

好好忽然沉默，瞇起眼睛打量我，嘴角逐漸上揚，我感覺非常不妙。

「你現在是在約我嗎？」好好笑得很邪惡。

「當、當然不是啊。」

「那是怎樣？」好好往我逼近一步。

「就……妳陪我這麼多次，很感謝妳，所、所以請妳喝咖啡。」

「我不要啊。」好好一口回絕。

我彷彿聽見世界崩毀的聲音，被打槍了，沒想到好好卻接著說。

「除非你成功完成任務。」

我愣住。

「什、什麼任務？」

「今天你表演的時候我不會在前面聽，如果你能順利唱完兩個小時，結束後我們就去喝咖啡。」

「妳沒有要聽？妳要去哪裡？」

「不知道，可能躲起來偷看，或乾脆去逛街吹冷氣，反正你不會看到我。比賽那天台下人肯定很多，你可能根本就找不到我，一定要先練習一下。」

好好一說我才想起來，每次街頭表演我都是看著好好唱歌，沒有一次例外。只要有她在我就無比安心，相反的，我根本無法想像面對一整群陌生人唱歌。

「就這麼說定啦。」好好用力拍我一下，「待會見囉！」

我還來不及要好好等一下，她已經朝百貨門口跑去，群擺搖搖，就連背影也那麼耀眼。

沒有好好在身邊，四周的溫度好像突然下降了，烈日當空，我卻開始打起寒顫。

我低下頭，凝視攤開的左手，剛剛被好好用力握過的左手。好好的力道似乎仍留在掌心，熱熱地透進皮膚，像某種魔法印記，使人勇氣充滿。

豔陽和寒顫都消失了，微風舒服吹過，我輕輕握起拳頭。

開始吧。

17.

第一次約會和我預期中不大相同，如果那也能稱作約會的話。

那天在百貨公司裡的星巴克，我和好好自在聊天，話題沒有停下來一秒，有時還大笑到旁人側目。我擔心的尷尬時刻完全沒出現，但我期待的曖昧瞬間也同樣沒發生，我們的相處就跟在體育館小房間一模一樣，差別只在於我沒有幫她上數學。

我不知道這到底算不算約會，但我很開心，我看得出來好好也是。

明天就是比賽的日子了，雖然好好說我今天應該早點回家休息，但我希望比賽前能再看看她的笑臉，所以說服她今晚留校補習。

午休時間我走去圖書館，在路上拿出耳機，用iPod放我在百貨廣場的表演錄音，好好幫我錄的錄音。

原來好好進入百貨後，很快從我看不見的側門跑出來，繞廣場一大圈來到我身後，從第一首歌聽到最後一首，還用錄音筆錄下〈沈家豪〉。

「我是覺得很完美了啦，」好好把錄音檔拿給我時這麼說，「但或許你可以聽見一些需要改進的地方。」

好好說得沒錯，表演者和觀眾的角度不同，我很快就發現第一段主歌可以再唱輕一點，吉他伴奏可以再空一點，不需要那麼快挑起情緒。

除此之外，我還發現另一個更關鍵的問題——為什麼好好要對我這麼好？

鼓勵我報名比賽，幫我慶生，陪我上街頭表演，默默在我背後錄音，甚至牽我的手反擊路人的嘲笑，以一個朋友來說，好好是不是做得太多了？

會不會，有沒有那麼一點可能，好好其實對我也有好感？

忽然迎面一個高大男人撞上我的右肩，把我一邊耳機都撞掉了，他一句道歉也沒說，繼續跟朋友們開心聊天往前走。

我站在原地，遲遲無法將視線從男人身上移開，他的臉極度眼熟，我卻想不起來在那裡見過他。

他們一群人朝體育館走去，所有人都穿籃球校隊球衣，只有男人不合群地穿便服T恤，瞬間我全身一震，對了，他當然不需要穿球衣，因為他早就畢業了，他只是回來陪學弟們練球。

男人就是去海邊接好好的偉仁學長。

「學長連那個好好也要喔，太不挑了吧。」

「就自己送上門的啊，學長還說好好在床上很騷，超主動。」

我用力捏緊拳頭，身體開始顫抖。

「宋偉仁！」

所有人都停下腳步轉過頭，詫異看著我，不解一個二年級生為何敢直呼學長的全名。

我朝他們走去，感覺像是走進一座人形森林，每個人都高我一個頭，宋偉仁甚至比大多數校隊球員還要高。

我走到宋偉仁面前停下，彷彿要把他的頭咬下來般瞪著他。宋偉仁疑惑看著我，同時又帶著一種滿不在乎的輕蔑笑意。我太知道這笑意從何而來了，他無論外表或頭腦都高人一等，每件事皆游刃有餘，習慣對世界予取予求，拿他想拿的，說他想說的，不在意其他人的死活，不在乎有沒有人會受傷。

不可原諒。

「去跟于好好道歉。」我直視他的眼睛說。

宋偉仁蛤了一聲，但我知道他聽見了，也聽懂了，因為他眼中的輕蔑笑意越來越明顯。

「我說，」我大吼，「去跟于好好道歉！」

宋偉仁假裝嚇一跳，誇張地拍拍胸口看向學弟們，惹得眾人發笑。他毫不費力便模糊了焦點，將場面掌控手中，學弟們也沒讓學長失望，很快有人挺身而出。

「欸欸這位同學，」一個刺蝟頭學弟笑著說，「你要不要小聲一點，那麼大聲我們會怕啊。」

又是一陣笑聲，我的胎記灼熱刺痛，但我沒有理他們，只是持續瞪著宋偉仁。宋偉仁的神情忽然凝住，眼睛瞇起來，他認出我了。

「我看過你……」宋偉仁驚喜地拉開嘴角，指著我胎記的食指不停擺動，「上次跟在好好身邊的就是你，你是她的粉絲嘛。」

學弟們瞬間爆笑，一人一句說個不停，場面混亂。

「笑死，原來是守護騎士喔。」

「長這樣還想打高射砲，勇氣可嘉啊。」

「猴，情敵找上門來了啦學長。」

「什麼情敵，他是學長粉絲的粉絲啦。」

宋偉仁笑笑擺手，「我沒有粉絲啦，別亂說。」

夠了沒，亂說的人明明就是你。

「你到底要不要去跟于好好道歉！」

我粗暴大喊，空氣瞬間安靜，學弟們臉色變了，但宋偉仁還是一樣掛著微笑。

「你是不是被好好甩了啊？」宋偉仁笑笑，「我不知道她跟你說了什麼，但就算你這樣做她也不會理你，因為她根本就沒有對你說實話，你要聽實話嗎？你想知道我跟她到底幹了什麼嗎？」

所有人喔喔喔興奮大叫，激動地喊快說快說。宋偉仁揚起壞笑，那是有女生在場時不會出現的笑容。

我忽然全身發冷顫慄不止，因為我發現不管宋偉仁說什麼，我都沒有證據反駁他，就像好好說的一樣，沒有人會相信我。

就算真相和正義都站在我這邊，也一樣。

「這些學弟上次都聽我說過了，但那次我只說了大概……」

我看著宋偉仁的嘴巴不斷開闔，帶著噁心笑意，眼前的一切都變成紅色，憤怒像火焰燃燒。

「……為了你，這次我多講一些細節好了……」

給我閉嘴！

我握死拳頭，猛地砸向他的嘴，卻因為太激動打偏，拳頭尻在鼻樑上，鼻血拋物線噴出，我的手從沒有這麼痛過。

宋偉仁後退兩步，瞪大眼震驚看我，血瞬間流滿下巴。

每個人都被這突如其來的一拳嚇呆了，包括我，場面定格凝止，下一秒，所有人朝我衝上來。

18.

我一走進體育館小房間，好好就從座位上跳起來，緊張地朝我跑來。

「你沒事吧？」她上下打量我。

我搖搖頭。我被第一個衝上來的刺蝟頭推倒在地，後腰被另一個人踹了一腳，但也就這樣，沒了。老黃不知道從哪裡冒出來，雷霆吼聲鎮住大家，我從沒有這麼高興看到他。

我們全都被帶到訓導處，老黃口頭警告籃球隊一番，就放他們走了。但我並沒有抱怨，因為被叫來的球隊教練臉色相當難看，他們之後的訓練肯定會是地獄等級。

訓導處剩下我和宋偉仁，非在校生的宋偉仁堅持不用校規處理，要報警告我傷害。老黃一直勸他，說給學弟一個機會，不要讓我留下前科。宋偉仁始終不答應，老黃的姿態因此越來越低，平日的威風都不見了，求情的模樣甚至有些窩囊。

我在一旁非常震撼，所以當老黃要我跟宋偉仁認錯賠罪時，我沒有猶豫太久，便九十度彎腰道歉。宋偉仁卻說我剛才嗆他的聲音沒這麼小，在他要求下我道歉了三次，一次比一次大聲。

最後宋偉仁還是堅持要叫警察。

他毫無疑問是個王八大爛人。

老黃沒輒了，他滿頭大汗說要去跟校長秉報，馬上回來，明顯是要再拖一下時間，想其他辦法。

但對付爛人沒有其他辦法，只能以爛招反擊，我早該這樣做了。

我假裝要道歉，湊近宋偉仁身邊說：「大家都相信你跟好好真的做過，所以如果好好跟大家說你老二很小又早洩，應該沒有人會懷疑吧？」

瞬間宋偉仁臉龐漲成磚紅色，暴凸雙眼憤怒瞪著我，神色猙獰像是要殺人。我沒有移開視線，用力瞪回去。

老黃回來後，宋偉仁冷冷說這件事隨便你們處置，很快離開了。老黃明顯鬆了口氣，但還是記了我兩個警告。

我用兩個警告換到一記鼻血重拳，還看到宋偉仁被逼到極限的表情，十分划算啊。

「笑什麼啦，我看！」好好朝我伸出手。

「嗯？」

好好嘖了一聲，直接把我左手抓起來，兩面翻看檢查，「手沒有受傷吧，明天就要比賽了。」

好好放開我乾淨的左手，抓起我的右手，她瞬間愣住了。我的指節全破皮瘀青，塗過消毒藥水的傷口呈難看的紫紅色，掀起來的皮膚要掉不掉，我自己看都覺得噁心。

「妳應該看看他的鼻子。」我笑著說。

好好沒有笑，氣氛意外凝重，我想把手抽回來，她卻大力抓住，我放棄了，任由她慢慢看。

好好緊抿著唇，仔細看過每一處傷口，彷彿目光可以療傷一樣。我安靜望著她的臉，不知道為什麼，手好像真的沒有那麼痛了。

終於她開口說話，聲音輕輕的，像是怕打破什麼東西。

「你這樣還可以彈吉他嗎？」

「沒問題啦，手腕不痛就好，別擔心。」

好好似乎終於安心了，她慢慢放下我的手，卻沒有放開，而是輕輕牽著。

一直牽著。

我腦袋發熱，心跳停止，所有感官似乎都湧到手指，被好好溫柔地握在掌心。

我們凝視彼此，沒有人說話。

牽手的時候不需要說話。

終於，好好的手放開了。

她又變回平時的好好。

「你有病啊，幹嘛沒事去揍他？」好好不爽看著我。

「他……就很可惡啊。」

「我當然知道他很可惡啊，但如果你要把所有可惡的男生都揍一輪，有一百雙手也不夠啦。」

「不需要啊，我只要揍欺負妳的就夠了。」

好好忽然安靜下來，沉默蔓延，未知的情緒漂浮在空氣裡。

「謝謝你今天為我挺身而出……」她的聲音極輕，「但答應我，下次不要再為我揍人好嗎，我不喜歡暴力。」

我微微一愣，發現好好的眼眸有些哀傷。

「……好。」

「你還記得我第一次聽你唱〈沈家豪〉那天嗎？」

我點頭。當然記得，我一直想知道那天好好和小四究竟去了哪裡。

「那天我遲到了很久，因為放學後我先去了一趟醫院，去看我媽。」

「妳媽怎麼了？」

好好望著空中不存在的一點，過了許久才開口。

「我爸離開後，我媽在我十歲那年再婚了，她和我繼父一開始感情還不錯，後來就幾乎天天吵架，那天也是，他們爭執的時候我媽摔下樓梯受傷，小腿骨折開刀。她對醫生和我都說那是一場意外，但我知道那不是意外……」

我感覺有什麼尖銳的東西正抵著我的心。

「我繼父會打我媽。」好好面無表情說，「已經好多年了，他每次動手後就會對我媽很好，因此我媽總是一次又一次原諒他。我不知道勸過她離婚多少次，但她只會要我住嘴，甚至哭著替繼父說話。她是我見過最蠢的女人，她以為她的行為是愛，但那根本什麼都不是。」

我想起那天好好停不下來的淚水，我什麼話都說不出口。

「我原本以為骨折是最後一根稻草，都被打到開刀住院，可以清醒了吧，沒想到住院後繼父天天睡醫院照顧她，我媽反而相信他痛改前非了，甚至比以前更愛我繼父，但我知道他只是怕被我媽告到坐牢而已。」

好好苦笑，眼神疲憊又絕望。我無法想像好好每天要回去的是一個什麼樣的家庭。

「妳媽媽……現在還好嗎？」

「可以用拐杖走路了……」好好嘆了口氣，「所以我繼父也開始沒那麼客氣了，前幾天我發現我媽額頭有新的傷口，再這樣下去，有天一定會出大事。我家現在就像有顆定時炸彈在倒數，時時刻刻都可以聽見巨大的滴答聲，只是不知道它什麼時候會爆炸……」

好好說完低頭垂著肩膀，連苦笑都擠不出來了，我突然好想將她擁入懷中，告訴她不管發生什麼事，我都會站在她身邊，陪她一起度過。

「有什麼……我可以幫忙的地方嗎？」

好好抬起頭看我。

「有，唱〈沈家豪〉給我聽。」

「喔……好啊，但是，妳聽的時候可以不要哭嗎，我不想又害妳哭……」說完我又覺得不對，「但、但如果妳哭一哭會比較好過，那就哭吧，我希望妳哭……欸不對，也不是這樣……」

「沈家豪……」好好突然叫我的名字。

我閉上嘴，發現好好眼中有情緒在劇烈晃動，像滾水沸騰不止，我從沒見過她這個樣子。她用那對閃爍眼眸一直望著我，似乎有話想說，我屏息看著她等待。

突然好好閉上眼睛，幾秒後她再次睜開時，眼瞳已經像最平靜的湖面，一點波紋都沒有。

「沒事。」她搖搖頭，微笑。

「真的沒事嗎？」

「嗯，開始上課吧。」

我擔心看著好好，她曾經想告訴我什麼事情，但那扇門已經關上了。

「妳不是要聽我唱〈沈家豪〉？」

「你沒帶吉他怎麼唱，改天吧。現在念書最重要，要好好念書才能得到自由，這不是你說的嗎？」

幫好好上課的過程中，我不時想起她過去提到的事。原來好好想去台北念大學，想要自由，愛玩不愛回家，都是因為她定時炸彈般的家庭。而在她媽媽骨折後，好好常跟我留校補習，越來越少出去約會，也是因為同一個原因，因為她想要趕快離開這裡。

我突然發現，我努力教她數學，以為增加相處時間可以拉近我們的距離，結果卻是讓她更有機會離開這個地方，離開我。

課上完了，我默默收拾東西，感覺一切都徒勞無功，不論我多努力都沒辦法更靠近一步，壓倒性的無力感不斷湧上來。

忽然我發現坐在一旁的好好動也不動，目光靜靜定在我身上，空氣中有股異樣的沉默。

我轉頭看她，眼前的好好突然靠過來，一團熱氣撲上我的臉，某種極燙極柔軟的東西輕輕貼上我的胎記。

下一秒，好好的唇離開了，留下若有似無的淡淡香氣。

「明天加油喔。」

好好起身朝門口走去，瞬間就消失了。

我全身僵硬坐在椅子上，還無法置信剛發生的事——好好親了我的胎記。

被好好親過的地方像被烙鐵燒過，前所未有的燙，溫度隨著時間過去持續攀升，沒有極限地激烈燃燒，但卻一點也不痛苦，正好相反，感覺十分幸福。

這是第一次，我的胎記不是因為視線而發熱，而是因為一件美好的事。

我不知道我在椅子上坐了多久，但臉上的灼熱感完全沒減少。在回家的公車上胎記也還在燒，就連我回到自己房間，坐在書桌前的此刻也一樣，整個人熱烘烘的，整顆心激動不已。

我很快拿出紙筆，開始重寫〈沈家豪〉的歌詞。我下筆飛快，幾乎不用思考，因為寫下的全是我的心情，是我想讓好好聽見的話。

明天我要在舞台上，用這首歌讓好好知道我的心意。

如果她終有一天要去遠方，至少，我可以不要留下遺憾。

19.

今天天氣大好。

陽光明亮，空氣清爽，微風舒服地吹在身邊，一切彷彿都在等待好事發生。後來我才知道，氣象專家說今天是本年度天氣最好的一天。

昨天還空蕩開闊的操場，不知何時架起了露天舞台，有如一夜間占領學校的機器巨怪。舞台前已經有許多觀眾在等待，人數比去年還要多。

我報到之後傳簡訊給好好，說我差不多要去後台準備了。好好沒有馬上回傳訊息，但沒關係，她昨天已經給過我全世界最棒的加油了。我把手機關機收好，在後台找個角落，抱著吉他，複習新改的歌詞，安靜等待。

主持人上台了，可以聽到觀眾的歡呼和掌聲，人明顯又更多了。我是三號，十分鐘內就要上台，但我的心情卻異常平靜。雖然外頭有幾百名觀眾，還有三名專業評審，但他們一點都不重要，因為我只要唱給一個人聽。

輪到我了。

我拿著吉他，爬上通往舞台的小階梯，眼前的景象忽然讓我一陣暈眩，台下的觀眾比剛才多了好幾倍，五顏六色擠得密密麻麻，像一頭布滿眼睛的超級大怪獸，每粒眼珠都飢渴盯著我，等著將我吞噬。

我的胎記開始發熱，一下就熊熊燃燒，好好說得沒錯，根本不可能找到她。

但我並不需要找到她，她已經在我臉上留下最親密的連結了。證據就是，此刻我的胎記並非因為台下的目光而燃燒，而是因為好好昨天那一吻。

我走向麥克風，接過導線插上，調整麥架高度，一切準備就緒後，我靜靜望向人群，太陽溫暖曬著我的胎記，我不知道好好站在哪裡，但我知道好好正看著我。

我開始唱歌。

我從來沒有跟誰告白過，這是我最接近告白的一次。時間在歌聲中折疊，往事如煙重返，機房裡的滅火器，海邊奔跑的黑狗，一本本數學參考書，歪斜的生日蛋糕，楓林大道上的排球，然後好好用力牽住我的手，好好吻上我的胎記，一切都歷歷在目，彷彿昨天才發生。

我從來不知道我可以唱得這麼溫柔。

第一段副歌結束了，進入間奏，我回過神，恍如隔世。我望著透明藍天，忽然有些緊張。

我開口說話。

「因為一個朋友不斷鼓勵我，今天我才有勇氣站在這裡，這首歌獻給全世界最特別的妳，于好好。」

和我預料的一樣，台下傳出騷動，我專心想著好好，感受她留在我胎記上的溫度，沒有被影響。但騷動卻逐漸擴大，舞台前有越來越多人在交頭接耳，彷彿正傳遞什麼祕密，每個傾聽的人臉上都露出謎樣笑容，然後帶著那笑容看向台上的我。

人群中的笑臉不斷增加，不舒服的刺癢感覺爬上背脊，我努力不去理會，間奏快彈完了，我深呼吸整理情緒，就在這時，觀眾中突然有人發出高分貝狂笑，就連評審們也好奇地轉頭去看。

我心跳停止，那是籃球隊的刺蝟頭。

他帶著討厭笑臉，不顧比賽還在進行，大聲朝台上的我高喊。

「不用唱了啦，于好好又聽不到，她跟男朋友私奔上台北了啦！」

他在說什麼？

台下瞬間炸開，觀眾興奮討論的音量越來越大，每道視線都閃著嘲笑光芒射向我，舞台上的空氣彷彿被抽光，我感覺喘不過氣，快要窒息。不行，我要冷靜，好好沒有男友，當然不可能和男友私奔。刺蝟頭只是想報復我，讓我當眾出醜，但他無法得逞，因為有人會跳出來反駁他，沒錯，人群中的好好肯定不會默不吭聲，除非……

除非她不在現場。

我茫然望著台下鬧烘烘的群眾，上百張陌生臉孔直直盯著我，訕笑的、同情的、看好戲的，眼前充滿各式各樣的臉孔，但卻沒有一張是好好的臉。

我的胎記一片冰涼，被好好吻過的地方一點感覺都沒有了。我彈得亂七八糟，不知道在唱什麼，但我毫不在乎，表演一結束，我就用最快速度衝到後台，拿出手機打給好好。

您撥的電話未開機，請稍後再撥——

我又打一次，然後再打一次，結果都一樣，好好沒有開機。

我點開之前傳給好好的簡訊，她沒有回覆。

昨晚的回憶忽然湧進腦中，眼前浮現好好欲言又止的模樣，我全身一軟癱坐在地，這就是她昨晚想告訴我的事情嗎？告訴我她無法來看我的比賽，會和另一個人攜手離開這裡？

是不是那次在百貨廣場，好好要我練習獨自表演的時候，她就已經知道這個結局了……

不可能！

我猛地站起來，用力握緊手機彷彿那是好好的手，我不相信這些日子她都在騙我，說謊的人不會擁有那麼美好的笑容，好好一定是發生了什麼事。

我思緒紊亂，腦中冒出各種可能，別亂想，先找到好好再說，但我要怎麼找到沒開手機的好好？

下一秒，我手忙腳亂把吉他裝進琴盒，抓著琴盒和包包衝出後台，我要去找小四，小四一定知道好好怎麼了。

「豪豪！」

我停住腳步轉身，不敢相信自己的眼睛。

報到處前站著媽媽和爸爸，他們臉色蒼白，擔心地跑向我，似乎找了我很久。
「你們怎麼會在這裡？」
「你媽說要來看你比賽。」爸爸說。
「妳怎麼會知道我有比賽？」我驚訝看著媽。
「我看到你桌上的比賽傳單，你今天一早又帶吉他出門，我想說你是不是要跟朋友來比賽……」
所以他們剛剛都看見我在台上的醜態了，看得一清二楚……
我忽然覺得好累好累。
「妳可以不要亂翻我東西嗎！」說完我轉身就走。
「豪豪！」媽媽喊住我，「你要去哪裡？」
「我還有事。」
「有什麼事？你是不是要去找那個女生？」
我感覺下腹被打了一拳。
「妳在說什麼？」
「他們說的那個上台北的女生啊，你是不是要去台北找她？」
「沒有。」我沉下臉，「我沒有要去台北。」
「那你先回家好不好，我們坐爸爸的車回家？」
「我就說我還有事，我要走了。」我提高音量，越來越不耐。
「讓他去吧。」爸爸柔聲勸媽，「等他晚上回家再說。」

媽媽絲毫不理會爸，伸手抓上我的衣服。

「豪豪你不要這樣，媽會擔心你，你先跟媽回去好不好？」

「放手啦，大家都在看，很丟臉欸。」

「那我們趕快回去，媽知道你不喜歡這樣，媽答應你，以後你都不用再來了沒關係。」

「妳在說什麼啦？」

「禮拜一媽媽就來學校幫你辦轉學，你不用擔心會碰到同學，媽媽會幫你處理。」

我震驚看著媽媽，說不出一個字，爸爸似乎也嚇到了，上前安撫激動的媽媽。

「我們回家再討論看看吧，也不是一定要轉學──」

「你閉嘴！」媽媽轉頭怒瞪爸爸，「我之前就說豪豪有心事，叫你跟他聊聊，你只會說沒關係沒關係，他已經長大了可以自己處理，結果呢，你看看今天發生什麼事，是要等之後出事再來後悔是不是？」

「當然不是……只是……」

「只是什麼？剛剛那些小孩有多惡劣你又不是沒看到，我不會讓豪豪再踏進這所學校一步──」

「好啊，」我突然開口，語氣冰冷，「那要不要乾脆轉遠一點？台東好了，還是花蓮？」

媽媽愣住了，睜大眼看著我，我面無表情繼續說。

「在附近怎麼轉都會碰到剛才台下的觀眾啊，去遠一點的地方比較保險吧，還是乾脆出國好了，不對，國外有種族歧視應該更容易被霸凌，不然轉去啟明學校，看不到就沒事了吧。」

「豪豪……」

「我終於懂了，」我看著不知所措的媽媽，「我會變成這樣都是因為妳，拍照不好看沒關係，把照片收起來就好，跟大家不合沒關係，反正可以用炸雞換朋友，反正自己出國畢業旅行更爽，然後現在又要幫我轉學，妳從小到大都在教我逃避，教我眼不見為淨，到底有哪個媽媽會這樣做啊！」

我臉孔扭曲，壓抑的情緒漲滿胸口。

「豪豪……」媽媽眼眶濕潤，嗓音幾近哀求，「媽做這些都是為你好啊……」

「到底是哪裡好！」我再也受不了了，「因為妳的關係，我從來不敢面對自己的胎記，超級沒自信，留奇怪的髮型，只敢躲在音樂裡不敢跟人互動，妳根本就不是為我好，因為妳從來就沒有覺得我好，妳也覺得我的胎記噁心，覺得我該把胎記藏起來！」

「沒有，媽從來沒有這樣覺得——」

「妳沒有？妳還記得我十歲生日那天妳跟我說了什麼嗎？」

媽媽突然啞住，愣愣看著我。

「那天我又在學校被大家嘲笑，哭著跑回家找妳，我問妳班上同學說的是不是真的，我是不是真的長得很醜，妳還記得妳跟我說什麼嗎？」

媽媽含淚的眼眶充滿迷惘，她不記得了，但我卻記得清清楚楚，永遠都不可能忘記。

「妳沒有說我一點都不醜，妳沒有告訴我人的內在比外表重要，妳甚至不願意哄我，說我在妳心中是最帥的，妳就只是抱著我哭，跟我說對不起，想起來了嗎，妳說的是對不起啊，因為妳也覺得我很醜，是壞掉的失敗品，覺得當初要是沒有生下我就好了——」

「沈家豪！」從沒發過脾氣的爸爸突然怒吼，「你在說什麼東西，快跟你媽道歉！」

爸爸的責罵讓我猛然回神，才發現媽媽雙手摀著臉，已經哭到泣不成聲。爸爸在媽媽身後摟著她的肩，看著我的眼神極不諒解。

我忽然發現他們兩個人是一隊的，站在我對面，毫無疑問擁有彼此，那我呢，我身邊又有誰？瞬間我覺得好無力，好想哭。

我轉身跑走，不顧在身後喊我的爸爸，一路跑出操場，從側門衝出去，攔下第一台看見的計程車。

在車上我度秒如年，彷彿等了一個世紀才終於開到圓環。一下車我就看見有個男人走進小四的店裡，我拎著吉他衝過去，只想趕快找到好好。舞台上的難堪，媽媽的眼淚，爸爸的怒吼，今天發生的一切都可以一筆勾銷，只要好好出現在我面前對我微笑，一切就沒事了。

我就會好好的。

我正要推開木門，手卻凝在空中，因為木門上貼了一張紅紙，上頭有一個大大的「租」字。門突然打開，剛才的男人拿著一大袋垃圾走出來，我趕緊後退才沒有被他撞上。他穿白襯衫黑西褲，看見我有些驚訝，但還是立刻揚起業務笑容。

「請問有什麼事嗎？」

我的喉嚨彷彿灌滿沙子，話語陷在沙中出不來。

「請問……小四在嗎？」

「小四？」男人想了一下，「你是說刺青店的杜先生嗎？他已經解約離開囉。」

沙子漫到鼻腔，我無法呼吸。

「他離開……去哪裡？」

「好像要去台北開店吧，實際情況我也不清楚。」

男人不願意給我小四的電話，說這樣會害他丟掉工作。他陸續把好幾袋垃圾清出來，然後騎車離開。這中間我一直站在原地沒有移動，我無法動彈，因為只要一動我就會四分五裂。我第一次知道什麼叫心痛，就算咬緊牙關忍耐，胸口深處還是好痛好痛，痛得不得了。

我終於懂了，好好昨天沒說出口的話是她要走了，而那讓我靈魂深深震動的吻，原來是她的道別之吻。

那一天之後，不再有事情能像那個吻一樣毫無保留地傷害我，我的胎記再也沒有發熱過。

然後今天，在大雄演唱會的公關酒會上，我早已用雷射除去胎記的那塊皮膚，再度因為同一個女孩熱了起來。

黑絲晚禮服和發亮長直髮取代了超長制服裙和不對稱短髮，曾經牽過我的那隻手上戴著一枚閃耀婚戒。

好好就站在那裡。

隔著整個餐廳的人群，隔著五千多個日子，我和好好靜靜凝望彼此。

外頭雨聲傾盆，就像我們初次相遇那天一樣。

20.

雨停了。

酒會進入後半階段，因為工作而來的傢伙都走光了，剩下一群又一群敘舊的老朋友老同事，大家都喝開聊開了，餐廳甚至比滿座時還要熱鬧。

我靜靜喝著威士忌，聽身邊的小米姐抱怨男朋友。她是這次的演唱會總監，南台灣最大的獨立音樂祭就是她大學時創辦的。我認識她的時候她已經不搞那些東西了，在大唱片公司當高階主管，能力沒話說，大雄的演唱會有她弄就是品質保證。

小米姐什麼都好，就是感情運不好。她曾跟我說她沒什麼大抱負，只想找個愛她的人嫁了，但就是嫁不了。三年五年七年的感情都談過，最後都是一場空。她現在的男友是個酒吧老闆，年紀比我還小，小米姐說她已經不期不待，開心就好。

要是平常我可能會勸她不要妥協，沒希望的感情就趁早結束吧，但我今天什麼也沒說，因為我的注意力都在餐廳另一頭的吧台那裡。

好好正坐在吧台，跟身旁的女性朋友喝雞尾酒，她是我還沒離開這間餐廳的唯一原因。

自從剛才隔著人群的那一眼後，我和好好就沒有任何互動了。她沒跟我打招呼，沒有來找我說話，甚至沒再看過我一眼，彷彿剛才那一瞥沒有任何意義，彷彿她並沒有認出我。

但我知道她認出我了，百分之百確定，就像我認出她一樣。

從我的位置望向吧台，可以不時看見好好的側臉，她和友人愉快聊天，嘴角的梨窩隨著笑容若隱若現，像忽明忽滅的星星。

我一點都不想念。

我不想念她的梨窩，不想念她的笑容，有很長一段時間，我甚至不想聽到她的名字。

那一場吉他比賽讓于好好三個字成為校園頭條，各種故事與八卦在學生間瘋傳，我的名字當然也在其中。我一直努力不去理會這一切，摀起耳朵像什麼事也沒發生，但三天後我還是聽到了完整版本。

吉他比賽那天一大早，好好的班導接到于媽媽的電話，她說好好整個晚上都沒有回來。班導和于媽媽開始一個個打給班上同學，希望有人知道好好去了哪裡，但沒有人知道。

班長好心將這則訊息發在班版上，好好的知名度讓貼文被不斷轉發，最後有人留言說清晨時看見好好和一個很帥的男生在火車站等車，好好靠在男生肩上，他們帶著兩個大行李箱，彷彿要去遠行。

沒有人提到私奔兩個字，一直到刺蝟頭在比賽中大聲喊出來之前，都沒有人提到私奔兩個字。

但在那之後，所有人都覺得好好就是私奔，跟一個叫小四的刺青師一起。然後有個白痴在他們私奔那天還當眾跟好好告白，那個白痴就是我。

那段日子校園裡每個人好像都認識我，大家會衝著我笑，會在背後大喊我的名字，會故意跑來我面前問我知不知道好好去了哪裡，然後噗嗤笑出來，彷彿他們剛聽到生平最好笑的笑話。

但不論他們做了什麼，我都沒有任何感覺，那些捉弄和好好離去的痛苦比起來，根本渺小到難以察覺。那陣子我每晚都無法入睡，腦中都是好好和小四在火車站的畫面，有一晚我實在太痛苦了，衝動撥出好好的電話，想問她為什麼要這樣對我，但她的號碼已經停用了。

那天之後，我告訴自己再也不要想起這個人。

但我無法控制別人不要提起她，每隔一段時間就會有人說在台北看見好好和小四。有人說他們合開了一家刺青店，有人說他們在士林夜市擺攤賣飾品，還有人說看到好好跟一個年紀很大的男人走在一起，沒有小四的影子。

我高三快畢業的時候，已經沒有人在傳好好的事了。SARS最嚴重的時期，我曾想過好好在台北的生活不知道會是什麼樣子，但也就只是想想而已。我指考考得很好，沒有故意寫錯任何一題，分數因此嚇了爸媽一跳，但我並不想念第一志願，我只填了兩個系，台大社會學系和人類學系，好好最想念的兩個系。

我知道好好肯定不會在那裡，我也沒有想要代替高中都沒畢業的她完成什麼夢想，我只是剛好在填志願的時候想到這兩個系而已。我念什麼其實都可以，都不重要，因為那時我已經知道我要做什麼了。

我要做音樂。

那場吉他比賽雖然是個悲劇，但卻留下意外的種子。比賽結束講評時，其中一位評審小葛老師特別提到我的自創曲，說我如果能維持開頭的表演水準，肯定會晉級。我知道後非常激動，專程寫信謝謝他。小葛老師回信鼓勵我繼續創作，我開始跟他通信，定期把作品寄給他聽，並從他那裡得到許多寶貴建議。

上大學後我去小葛老師在長安東路的錄音室實習，斷斷續續參與了幾張唱片製作。小葛老師仍繼續給我創作的建議，還會幫我把demo拿給他認識的人聽。大三時我的歌被ＥＭＩ力推的年度新人收到了，半年後在錢櫃看到ＭＶ出來時還是不敢相信，抓著麥克風一直傻笑。

退伍後，我被小葛老師找去錄音室上班，同時繼續歌曲創作，售出的詞曲版權越來越多。有次我和一位前輩混音師在工作空檔閒聊，他突然問我為什麼不用雷射除掉胎記。

我嚇一跳，感覺有些冒犯，但仍把小時候媽對我說的話告訴他，我這種胎記是雷射除不了的。混音師卻說他女兒三年前出生時也有類似胎記，最後用雷射順利除掉了，半點痕跡都沒有，他把醫生的名字告訴我。

我一直以為我的人生就是要跟死老鼠色胎記共存到死，二十多年的時光讓我早已接受這個事實，就像接受自己的身高和性別，接受這世界上有些事情你無法改變。直到我去找了那位醫生才知道，在我看不見的地方，世界其實一直在改變，雷射技術和我小時候相比已經是兩種截然不同的科技了。

我十二歲時在家用錄影帶看了尼可拉斯‧凱吉的《變臉》，十二年後，錄影帶進化成ＤＶＤ，我則在最新的雷射手術中真正變了一張臉。

那感覺相當奇怪，只是少了一塊胎記，我的臉看起來就截然不同了，像是另一個人的臉。彷彿我的臉之所以成為我的臉，全是因為那塊胎記，胎記才是本體。

於是在本體消失無蹤後，我開始養成早上照鏡子的習慣，我需要重新定義我的臉，但這樣還不夠，我必須重新認識自己。

我發現我的笑容變多了，不論遇到多灰心的事，我都可以樂觀看待，因為發生在我身上最糟的事已經結束了。工作上的合作也比以前順利許多，我不知道是因為我的新臉還是新個性，或許兩者都有吧。

但改變最多的還是我和異性的關係。

過去我一直認為我要交到女朋友需要一點奇蹟，但雷射過後三個月，幸福便毫無預兆降臨了。我因為工作認識了一個女孩子，在線上很聊得來，我們開始出去吃飯，約會看電影，有天回家路上我們自然就牽手了。

這段關係只持續了八個月，最後甚至結束得不太愉快，但我一直都很感謝她。她讓我知道我現在和其他人一樣了，我不需要特別去克服什麼困難，跨越什麼障礙，就可以擁有愛人和被愛的簡單資格。

她還讓我知道另一件很重要的事。

我跟女友第一次接吻是在她家附近的公園。我很緊張，動作笨拙，吻完後我許久沒有說話。她以為我親到呆了，緊緊抱著我，笑著說我好可愛。但事實完全不是那樣，我說不出話是因為我想到好好。

我想到好好親在我胎記上的那一吻。

那一吻輕盈如羽毛，卻比太陽還炙熱，我靈魂顫抖，身體融化，意識炸開成無垠星空，好好的吻深深深深地動搖我的心。

相比起來，我第一次用嘴唇接吻的經驗反而乾癟單薄，除了嘴上的感受外，沒有任何多餘的感覺，我的身體沒有離開地表，我的心完全沒有震動。

之後我又交過幾個女朋友，不論我多喜歡她們，我的靈魂都沒有悸動感覺，我也無法像當年對好好那樣毫無保留地全心燃燒。我總是有點出戲，像隔著一層玻璃看自己談戀愛，我並不真的在愛情裡。

於是最終我放棄尋找，我不再擁有穩定的感情關係，成為別人眼中定不下來的浪子。我和小米姐的狀態截然不同，但理念卻是一樣的，不期不待，開心就好。

我跟小米姐乾杯，將剩下的威士忌一飲而盡。

冰涼酒液滾下喉嚨，胃袋瞬間像火種燃燒，但無論多烈的威士忌都無法壓過此刻我臉上的熱度。自從好好先前那一眼後，我的臉就一直燒到現在。我摸臉確認發熱的範圍，正是過去胎記的位置。

上次胎記發熱已是十五年前的事了，但一切仍歷歷在目，我永遠不會忘記那天被好好拋下的自己。今晚我在腦中已幻想過不知多少次，我穿越人群走到好好面前，微笑看著她，問她當年為什麼要這麼對我？

但我一直沒有膽量邁出第一步，我也沒有豁達到能直接離開，我只能遠遠看著好好，將威士忌不斷倒入口中，等待酒精替我做出抉擇。

突然我全身一緊，好好拿著包包站起來了，但她沒有走向門口，而是去找今天的主角大雄。大雄明顯非常醉了，撐著發紅雙眼和好好聊天，他們看起來認識但不熟，應該只有工作關係，我突然發現我從沒有想過好好為什麼會在這場酒會上。

好好和大雄不知道聊到什麼，大雄的臉突然亮起來，他左右轉頭搜尋，看見我後咧開笑容，激動招手要我過去。

我全身僵硬，忘了呼吸。好好轉頭看到是我，眼中的光芒晃了一下，但臉上的微笑沒有任何變化。

我朝他們走去，感覺像在深海底前進，每一步都緩慢艱難，無比沉重。

我走過漫長的十五年，終於來到好好面前。

「老大，我跟你介紹，這是Gucci的公關Christine，他們有贊助我這次演唱會的秀服。」說完大雄把手放在我肩上，興奮地對好好說：「他就是寫〈寂寞萬里〉的歐老師！」

好好驚訝看著我，嘴角的微笑終於消失了，我臉上沒有胎記，又不姓沈，難怪她會錯亂。我把名片拿出來，雙手遞給她。

「妳好，很高興認識妳。」

好好掏出名片和我交換，然後看著我的名片低呼出聲。

「歐居？」

好好發現這名字的由來了，她的瞳孔顫抖，視線從名片移到我臉上，世界忽然安靜下來。

「OG？這是什麼意思，你iPod上也有這兩個字的貼紙。」

「Opera Ghost的縮寫，這是《歌劇魅影》主角的署名，我很喜歡《歌劇魅影》，看了超過十遍。」

「我對歌劇沒興趣。」

「它不是歌劇，是音樂劇。」

「隨便啦。」

好好凝神望著我，發亮的眼睛欲言又止，眼前妝髮完美的女人彷彿忽然變回十七歲的高中女孩，那個逼我去報名比賽，剪掉我的瀏海，陪我上街演唱的女孩，但這感覺瞬間就消逝了。

好好的手機突然響起，她很快瞥了一眼，然後對我們綻開剛剛好的抱歉笑容，她又變回成熟優雅的精品公關。

「不好意思，我要先走了，我未婚夫來接我。這兩天我再寄信跟你說明活動細節。」好好對大雄說完後轉頭看我，露出一個美好卻遙遠的微笑。

「很高興認識你，歐老師。」

好好轉身，頭也不回走了，空氣中殘留著淡淡香味。十五年前的那一吻，我也聞到同樣的味道。我盯著她離去的背影直到最後一秒。

「她很喜歡你之前幫我做的歌。」大雄咧開苦笑，「應該說，我所有歌裡頭，她好像只喜歡你幫我做的那幾首。」

我有些恍惚，低頭看向手中的名片，熟悉又陌生的鉛字印在英文名字底下，小小的黑色標楷體。

于好好

我的手無法控制地顫抖，直到這一刻，重逢的真實感才從體內源源不絕地湧出來，滿滿地漲著胸口，漲到心痛。

好久不見了，我輕聲說，用只有我能聽見的音量。

21.

我在錄音室配唱，卻一直無法專心。

收音室裡的女孩是華納新推的五人偶像女團的一員，C位顏值擔當，聽說舞技頗厲害，但歌喉毫無疑問是最差的。已經錄了快三個小時，第一段主歌還是搞不定。

我看看牆上的時鐘，要助理把最後幾軌放出來聽。現在的聲音編輯軟體強大到難以想像，音準拍子都可以調，同一句歌詞也能切割再組合，不夠長的音甚至可以拉長到海枯石爛，也沒人能聽出任何破綻。

手機裡盛行的美顏軟體早就進入音樂圈了，而我就是那個按鍵修圖的人。

「可以了，直接從副歌開始。」我對助理說。

玻璃後的年輕女孩緊張地望著我，胸前的雙手絞在一起。

「歐老師……那個……我可以再唱一次嗎？」

「不用了，剛剛那take ＯＫ了，妳唱得很好，我們繼續。」我對她微笑，沒必要兇她磨她，小雞永遠無法像老鷹一樣飛，但我可以把雞鳴修成鷹嘯，這就是華納付錢給我的原因。

我要助理快點開始，沒時間拖了，我晚點就要離開，我希望今天至少能錄完第一段副歌。年輕女孩的聲音從監聽喇叭傳出來，我微笑點頭，但我並沒有真的在聽，我無法專心。

上禮拜我傳簡訊問好好，要不要出來吃飯敘敘舊。我一傳出去就後悔了，因為那時是凌晨三點，我一個人剛喝掉半瓶威士忌，我的訊息打得沒頭沒尾，甚至連我是誰都忘了說。

因為這樣我又把剩下半瓶喝完，隔天醒來嚇了一跳，手機裡有好好回傳的簡訊。她說最近比較忙無法吃飯，但可以喝杯咖啡，然後給了我一個時間地點。

好好沒有問我是誰，她知道我是誰，她存了我的號碼。

最後偶像女孩還是沒有錄完第一段副歌，但她的嗓子也差不多到極限了，再錄下去也沒什麼意思。我微笑說大家辛苦了，交代助理留下來收拾，很快離開錄音室。

在車上我不時查看手機，擔心好好會不會在最後一刻反悔，傳簡訊來取消，但直到我在地下室停好車，手機都沒有響起。

真的要見面了。

我來到一樓。五星級飯店的咖啡廳氣氛悠閒，寬敞的挑高空間散落幾組商務人士，淡淡話語笑聲飄在空氣裡，落地窗透進柔和的午後陽光，照在窗邊的好好身上。

我朝好好走去。她穿剪裁簡單的白上衣和米色高腰寬褲，沐在陽光中十分好看。好好的氣質完美合襯這間高級咖啡廳，就像那天她也完美地融入酒會，自在愜意如魚得水。這讓我有種難以形容的感覺，我一直以為好好是格格不入的那種人，跟我一樣。

好好抬頭看到我，臉上漾開上次見過的公關笑容。

「嗨。」

「嗨……」我的聲音聽起來很奇怪，我坐下來，「好久不見。」

「不是上禮拜才見過嗎？」好好微微一笑，把menu推到我面前，「先點吧。」

我點了杯冰拿鐵，好好點了一壺大吉嶺紅茶，高中時我從沒見過她喝熱飲，但那畢竟是十五年前的事了，十五年可以改變很多事情。

服務生走後，空氣陷入短暫的沉默。

「你都沒變欸沈家豪，」好好盯著我看，「好懷念。」

我愣了一下，低下頭抓抓右邊臉頰，「哪有……我用雷射把胎記除掉了。」

「嗯，但我覺得沒什麼變。」

我有些失望，但又覺得無比合理，好好從沒有讓我感覺我臉上有任何東西。

「不過還是有些地方變了，現在是歐居老師了。」好好微笑說，「沒想到你竟然成了音樂製作人，我一直以為你會去當歌手。」

「怎麼可能。」

「真的啊，我從沒有懷疑過。」

我看著好好的笑臉，無法確定這是不是客套說詞。

「我聲音太扁了，音域也偏窄。」

「我覺得很好聽呀，而且你還寫了我最愛的歌。」

「哪一首？」我腦中忽然出現沈家豪三個字，但好好卻說了另一個答案。

「〈寂寞萬里〉。」

「喔。」我點點頭，那是我幫大雄做的第二首歌，後來成為年度十大金曲。

「喔什麼啊，那首歌不知道陪我走過多少個失戀夜晚，驕傲一點好嗎。」

「妳是失戀了幾次？」我笑笑。

「失戀一次就要療傷很久啦。」

「是是，不過妳以後就不需要再聽歌療傷了，恭喜。」

好好會意過來，露出害羞笑容，「謝謝。」

我從沒有見過她這種笑容，我看著好好擺在桌上的右手，至少一克拉的鑽戒在日光下閃耀，微微有些刺眼。

「婚戒很漂亮。」

「我一直跟他說我不需要鑽戒，但他就是不聽。你不覺得鑽戒很沒意義嗎，說什麼可以保值，但又不可能賣，不如拿這些錢出國玩。」

「但收到還是很開心吧。」

好好盯著手上的鑽戒，聲音柔了一點，「是啦。」

「你們怎麼認識的？」

「上一份工作認識的，我在百貨做企劃，他是老闆的兒子。」

「老闆的兒子？」我抬起眉毛。

「先聲明噢，我可不是那種會去勾搭富二代的人。」好好笑著說。

「所以是他追妳？」

好好搖頭，嘴角甜蜜揚起。

「他不跟公司裡的女職員交往，甚至避嫌到誇張的程度，我做了快兩年，才因為負責母親節活動第一次跟他接觸。那時我才知道老闆的兒子竟然每天加班，比全公司的人都要認真，澈底改變對他的觀感。有次我們加班完已經沒捷運了，我開玩笑叫他送我回家，沒想到他整張臉都紅了，猶豫神情在臉上一清二楚，但最後他還是幫我叫計程車，沒有打破他的原則。隔天我就離職了，我自己也嚇一跳，我沒想到我這麼喜歡他。」

「你們那時候交往了嗎？」

「沒有，什麼事都沒發生過，我知道他對我有好感，但只要我還在他的百貨上班，就什麼事都不會發生，他就是這麼固執的人。」

「後來呢？」

「我一離職他就立刻打來約我出去，很好笑吧，之後一切就進展得很快，才半年他就跟我求婚，現在這一刻我還是無法相信我已經是有未婚夫的人了。」

好好笑著瞥了一眼婚戒，她眼眸裡的幸福對我來說異常陌生。

「都是我在說，你呢？結婚了嗎？」
「還沒。」
「有女朋友？」
「很長一段時間沒有了。」
「怎麼會？你是不是標準太高了啊？」好好瞇起眼睛笑我。
我靜靜望著眼前的好好。
「妳有過這種經驗嗎？曾經對某個人深深動心，魂牽夢縈，覺得只要和他牽著手，就可以對抗全世界。但最後妳還是失去他了，在那之後，妳就再也沒有碰過能震動妳靈魂的人，所有人都只在表面，始終無法進到心裡。」
好好的笑容慢慢淡去，有什麼東西從她黑色眼瞳深處浮了出來，無比熟悉懷念。我盯著她，心跳加速，人們的交談聲後退到無限遠，四周景物開始變化，我感覺自己又回到當年的體育館小房間。
整個世界只有我和好好。
「你有過嗎？」好好輕聲問。
有，當然有，那個人現在就在我面前，帶著毫無陰影的美好笑容和我聊天，彷彿我們什麼事都沒發生過，彷彿她從沒有不告而別，彷彿我只是一位許久不見的，普通朋友。
鑽戒的耀眼光芒刺著我的眼角，我笑了。
「有啊當然，我最愛的川島和津實引退時，妳都不知道我有多心痛。」
「什麼啦，」笑容又回到好好臉上，「我還以為你在說前女友耶，那是誰啊？歌手嗎？」

「傳奇ＡＶ女優。」
「喂，你很噁耶。」
「我就死變態啊。」
好好雙眼驚喜瞪大，戴Gucci腕錶的右手忽然抬起來，我以為她要搥我了，就像過去一樣，但她只是用手遮住笑開的嘴。
「對欸，我都忘記你是死變態了，天啊！」
「明明就是妳取的，妳還忘記。」
「哈哈對對對，是我取的！」
好好笑得極開心，眼睛都笑不見了。這一刻本應是我們今天最靠近的一刻，但為什麼我卻覺得如此悲傷。
或許是因為，我從來沒有見過好好用手遮著嘴笑吧。
一次也沒有。
我拿起咖啡喝了一口，冰塊融化了，咖啡稀釋得不成模樣，時間讓一切都走味了。
「你在想什麼？」好好突然問我。
我看著她，沒有沉默太久。
「我在想……那天在酒會，妳為什麼裝作不認識我，妳明明就認出來了？」
「為什麼喔……」好好不好意思地笑了笑，「大概是因為你的眼神吧。」
「我眼神怎麼了？」

「不知道怎麼說耶，被你用那種眼神看著的時候，我感覺好像瞬間變回高中的自己，有點……不想面對吧。」

「為什麼不想面對？因為妳的高中生活很糟嗎？」

「的確是不怎麼好……」好好偏著頭回想，沒發覺我話中的刺，「你還記得教官老黃嗎？他只要逮到機會就要整我，害我覺得上學超煩，家裡壓力也很大，我有跟你說過吧，我繼父和我媽的事，那陣子真的好辛苦。」

「所以妳就離開了，丟下一切上台北。」

丟下我。

「嗯，算是吧。」

好好沒有一點抱歉的樣子，我受夠這些迂迴了，脫口問她。

「為什麼當年妳一句話都沒說就走了？」

好好愣住了，目光閃爍，嘴唇張開又闔上，彷彿找不到答案。我沉默看著她等待，心跳不斷加速，時間卻越走越慢，好似抗拒前進到下一刻。

正當我以為她永遠不會開口時，好好低下眼睛，輕聲說。

「對不起。」

我感覺胸口氣血翻騰，這些年我想像過無數種答案，甚至也包括這三個字，但我從沒有想過我真正聽見時會是這種感覺。

這麼，不甘心。

妳想用這三個字打發我嗎？妳以為我什麼都不知道，所以就不用提起那個人的名字嗎？

「妳跟小四後來怎麼了？」

好好瞬間瞪大眼，驚訝看著我。

「你怎麼知道小四跟我一起走？」

「有人看到你們在車站。」我還去過小四的店找妳，像個白痴一樣。

好好愣愣點頭，思緒不知飄到何方，過了許久才開口。

「我很感謝小四當初照顧我，要是沒有他，我應該早就餓死在台北街頭了吧。但後來我們越來越常吵架，有天回家我的空行李箱被打開丟在床上，我就知道他意思了，我打包了東西就走，沒有再跟他聯絡。」

好好的神情充滿落寞，我移開眼神，我不想看。

我忽然不知道自己在這裡幹什麼，我究竟為什麼要和好好見面，這到底有什麼意義？

我想走了。

我正要開口，好好放在桌上的手機突然震了一下，她拿起手機，瞬間浮出甜笑，很快打字回傳訊息。

「不好意思，我差不多要走了，等一下要趕去試婚紗。」好好對服務生招手，我還來不及掏出錢包，好好就抽出信用卡遞給服務生。

「今天就讓學姐請客吧。」好好又像我們剛見面時一樣，露出毫無瑕疵的公關笑顏。

我沒有說話，靜靜等待服務生結完帳回來，好好拿出口紅補妝。

「Christine。」

突然一個男人走到好好身邊，

「你怎麼跑來了？」好好仰頭看向男人，一臉驚喜。

「地下停車場收訊不好，怕妳找不到我。」

好好和男人的手像磁鐵般自然牽在一起。男人有張粗礦的方形臉，體格高大厚實，穿著剪裁俐落的深藍條紋西裝。我有些意外，我一直以為好好喜歡像小四那樣瘦削的美形男。

「這是Peter，我未婚夫。他就是我跟你提過的歐居老師。」

「幸會。」Peter伸出手。

我和他握手，他的手大而有力，女人想必會很有安全感吧。

Peter沒有寒暄，安靜等待好好在服務生拿回來的帳單上簽名。他給人的感覺像石塊一樣，穩重沉默，和我認識的那些高調富二代截然不同。

「謝謝你約我出來，今天很開心，」好好突然想到什麼，「你會去山海祭嗎？」

我搖搖頭。那是一個辦在南部的音樂祭，兩大主舞台一個在海邊一個在山裡，需要搭纜車才能來回。

「真可惜，我們公司有贊助，我兩天都會在，但你會去八月的演唱會吧？」

「嗯。」

「太好了，那就演唱會見囉。」

「對了，」我看著好好的幸福笑臉，以一種我也無法理解的破壞衝動說道：「妳背上的刺青還在嗎？」

好好愣住了，但Peter卻一點反應也沒有，我不禁感到失望。

好好很快又展露笑顏。

「跟你一樣啊，用雷射去掉了。」她的語氣相當自然，「我們快來不及了，下次再聊，先走囉掰掰。」

好好挽著Peter離開，看起來小鳥依人，就連背影也如此幸福。

忽然之間，我眼前浮現好好當年在百貨公司廣場跑走的背影，花裙在夏日豔陽下歡快飛舞，燦爛又耀眼，強烈打動我的心。

我回過神，好好已經不見了，不論是我過去認識的那個，還是我現在不認識的這個，都不見了。

只有我被留下來，還一個人留在過去。

留在那個，好好已經不要的，過去。

22.

「什麼？你遇見誰？」

「好好。」

「哪個好好？好好學姐那個好好？」

「難道還有別的好好？」

「太誇張啦，這根本世紀重逢吧，你有告訴她這些年你都想著她打手槍嗎？」

「打你媽啦。」

「不好吧，我媽你應該打不出來。」關傑說完自己顆顆笑個不停，這麼多年過去，他還是一樣白痴又難笑，沒救了。

我從沒有想過我會跟關傑變成朋友，但他卻是我人生至今維持最長的一段友誼，目前看來這段關係還會繼續維持下去，非常莫名其妙。

但如果回溯到高二那年，一切就沒有那麼不可思議了，甚至相當合理。因為在那場女主角缺席的告白之後，在我成為全校最強笑柄之後，關傑是唯一還會理我的人。

當然，他這樣做最主要的原因是想要我幫他追徐雅婷。自從我告訴他徐雅婷喜歡綠洲後，他就把我當成他的首席追愛顧問，三不五時便會請教我各種戀愛習題。

起初我十分難以適應，不只是因為他之前霸凌我好長一段時間，也因為他就連在請我幫忙的時候，還是繼續喊我黑傑克。我不只一次生氣糾正他，他卻總是笑嘻嘻說喊習慣了嘛改不了口，後來我就放棄了，因為他的白痴笑臉的確不再有任何惡意。

關傑老是喜歡放學後找我去吃麥當勞，對我傾訴徐雅婷帶給他的各種煩惱。我不只一次提醒他我也是母胎單身，給不出什麼好建議，但他依舊堅持要聽我的想法。最後我也看開了，他問什麼我答什麼，剩下就看他的造化。

原本我和徐雅婷也有機會變成朋友，但這件事最終沒有發生。因為只要我一跟徐雅婷聊天，關傑就會帶著蠢笑湊上來，用他的無聊笑話搞冷場面，完全沒發現徐雅婷的臉色一次比一次難看。久而久之，徐雅婷就不太願意理我了。

但如果要我在白痴關傑和徐雅婷之間選一個人當朋友，我還是會選關傑。吉他比賽過後關傑找我去麥當勞，反常地說要請我，他買了好幾份麥克雞塊堆成小山，笑著說他心情不好的時候都這樣嗑，我才知道他在擔心我。

那天換成我對他傾訴，我告訴他我跟好好發生的所有事情，關傑安靜聆聽沒有吐槽。我說完之後，他用力拍拍我的肩膀，拍到我整個人都在晃動。

儘管他一個字也沒說，但這是第一次，我覺得我們好像是真的朋友了。

現在回想起來，我能走出好好帶給我的傷痛，很大部分要歸功於關傑的麥當勞時光，讓我可以轉移注意忘掉好好。不過那些時光一點也沒有幫到關傑，他和徐雅婷的互動越來越差，如果那時有個轉學生到我們班，他只要花一個上午就可以看出徐雅婷全班最討厭的人是誰，他們的關係就是爛到這種程度。

儘管如此，關傑還是一直找我去麥當勞，還是一直說徐雅婷總有一天會被他感動。高三畢業前夕，關傑要我幫他策劃第四次也是最後一次告白，我猜關傑也知道他不可能會成功，但他還是去告白了，像一個從容赴死的烈士。

告白結束後，我們一起去麥當勞，點了一座最壯觀的麥克雞塊山。那天我才第一次知道，原來笨蛋也有眼淚，原來平常都在顆顆笑的人一旦哭起來，比誰都還要醜。

高中畢業後，關傑考上蔡依林剛離開的輔大，常常騎四十分鐘的車來台大找我。我們總是約在新生南路上的麥當勞，話題從徐雅婷變成一個又一個輔大女孩，不變的是每次告白失敗後的麥克雞塊山。

大三時關傑終於交到女友，但他還是常來找我吃麥當勞，沒有見色忘友。他女友曾經跟過一兩次，但後來就不來了，她無法理解坐在麥當勞講垃圾話三個小時有什麼意義。就是在那時我才發現，我和關傑的友誼或許比我以為的更可貴稀有。

畢業後我去北海岸當兵，關傑抽到馬祖，我們當兵後吃的第一頓麥當勞，就是麥克雞塊山，關傑被兵變了。他看起來極度淒慘，我為了給他活下去的希望，告訴他綠洲四月要來台開演唱會，正好是他下次放假的時間。

關傑當年雖然沒有追到徐雅婷，卻因為她愛上綠洲。演唱會當天早上馬祖的飛機因為濃霧沒開，關傑好不容易排到下午的機位，開場前一刻才趕到南港展覽館。散場時關傑打電話給徐雅婷，他們聊了二十分鐘，比他們整個高三說話的時間還要長。徐雅婷沒有來看演唱會，她懷孕了，預產期七月，婚禮十月。關傑要她記得炸我們，徐雅婷說一定會，但後來我和關傑都沒有收到喜帖。

那是綠洲第一次也是唯一一次來台演唱會，幾個月後我才知道我們目睹了傳奇樂團最後一個轉身。那年八月綠洲突然解散，親兄弟組的團都可以拆夥，世上還有什麼是永恆不變的嗎？

關傑退伍後跟我一樣留在台北，在房仲公司上班。出社會後我們不像以前那麼常見面了，但每個月不論多忙，我們都至少會找一家麥當勞聚聚。那次我們約在館前路的麥當勞，我沒有事先告訴他我做了雷射手術，想給他一個驚喜。沒想到他看到我後徹底呆掉，整整十分鐘無法開口。

後來關傑提議換個地方，我們找了家小酒吧，在我還沒反應過來前，他已經把自己灌醉了。然後他開始跟我道歉，他罵自己混蛋，一樣一樣說出他以前對我做過的事、說過的話。一開始我還安慰他說沒事，後來我才發現並沒有沒事，那些傷口其實一直都在，只是多年來我都假裝看不見，假裝我已經好了。

那一晚之後我們沒有再提起這件事，我們還是一樣吃麥當勞打屁，關傑還是一樣常顆顆蠢笑，但我知道有些事情改變了。關傑留在我內心深處的傷口，因為他的道歉第一次有了癒合的力量，傷口或許永遠不會消失，但可以好好結痂，變成不再疼痛的疤痕。

然後現在，那個曾用道歉照亮我心中黑暗角落的男人，卻在說關於打手槍和媽媽的冷笑話。

我翻了個白眼。

「好好有看見嗎？」關傑挑眉說。

「看見什麼？」

「你的瑪莎拉蒂啊。」

「當然沒有啊，我們又不是約在停車場。」我去年把開了許多年的福特focus換成瑪莎拉蒂，算是給自己的生日禮物。

關傑看著我搖頭，發出比中山北路還長的嘆息。

「有沒有看見很重要嗎？」我問。

「廢話，你想想看，她當年拋下你跟別的男人跑了，多年後發現你事業有成，變帥又開超跑，還不搥心肝啊。」

「人家才沒有那麼無聊，她都要結婚了，而且未婚夫還是頂級小開，才不管你開瑪莎拉蒂還是馬3。」

「什麼嘛，原來好好想嫁豪門當少奶奶喔——」

關傑看到我的眼神，識相地閉上嘴。我知道關傑是因為我才對好好充滿敵意，但我還是無法接受別人誤解好好，從以前到現在都一樣。

「好好不是那種人……」

我還想再說些什麼，卻發現我什麼都說不出口，我真的知道好好是哪種人嗎？

「好啦好啦，我錯了。」關傑抓抓頭，「那她現在在幹嘛？」

「在Gucci當公關。」

「Gucci？這麼fashion喔，跟高中的她完全連不起來啊，你還記得以前她的打扮吧？那造型真的是……」關傑看看我，小心翼翼開口，「特別。」

「她現在的確變了很多。」

「怎樣？又心動了嗎？」關傑笑得很故意。

「其實，我今天找你出來就是想聊這件事。」

關傑愣了愣，收起笑容，認真望著我。

「前幾天我約好好出來敘舊，最後她未婚夫來接她，兩個人手牽手離開，他們走之後，一個念頭突然出現在我腦中，這幾天晚上我都睡不著在想這件事。」

「什麼事？」

「把拔！」一個小女孩突然撲到關傑腿上，哭得梨花帶淚，整張小臉都紅了，「熊熊不見了！」

「熊熊怎麼會不見了？」關傑把五歲女兒希希臉頰上的大滴眼淚擦掉，用不適合他的可愛腔調說：「把拔幫妳找好不好？」

「豪。」希希用力點頭，小手指向一旁的兒童球池，「熊熊在裡面不見了。」

「好，我們一起去找。」關傑牽著女兒站起來，對我使個眼色，「等我一下。」

我點點頭，看著關傑被希希拖進滿是小孩的彩色球池，像闖入童話世界的怪叔叔。

因為希希的關係，這幾年我們都固定來這家有兒童遊戲區的麥當勞。關傑很早結婚，也很早離婚，但他從不後悔當年閃婚的決定，因為前妻帶給他這輩子最美好的禮物，女兒希希。

如果說關傑討厭好好的程度是十，我討厭他前妻的程度大概就是十萬吧。我從沒見過這麼不負責任的女人，女兒生了不顧，天天在外面鬼混，希希可以說是關傑一個人帶大的。但他從沒有抱怨過一句話，甚至很感謝前妻只拿撫養費卻不撫養，讓他可以擁有希希完整的童年，真是全世界最白痴的老爸。

希希出生後，我和關傑的聚會成了三人行，我也從黑傑克變成了豪豪叔叔。頭幾年我們都在關傑家叫麥當勞外送，這兩年希希比較大了，才開始約在外面的麥當勞。曾經用來療傷的麥克雞塊山變成了慶生特餐，我還記得希希第一次看到雞塊山的發光臉龐，我似乎可以理解關傑為什麼會那麼感謝他的婊子前妻了。

「在球池找了半天才發現她把熊忘在溜滑梯上。」關傑笑著回來了，「她個性這麼迷糊，以後會不會被男人騙啊。」

關傑嘴巴擔心，眼裡卻都是甜蜜笑意，我看著希希在球池裡認真對熊熊說話，模樣可愛極了。

「對了，你剛說你最近都在想什麼？」關傑問。

我將視線轉回來，「好好和她的未婚夫。」

「怎麼樣？」

「我要把好好搶過來。」

「蛤？」關傑嚇一大跳。

「然後再拋棄她。」

關傑瞪大眼看著我，無法置信。

「你不是認真的吧？」

我沉默。

「為什麼？因為她當年不告而別傷透你的心？」

我想要點頭，但我知道不只是這樣。

酒會上好好舉止優雅說話溫柔，沒有半點過去的影子，我以為是因為她在工作。飯店咖啡廳的好好客氣疏遠，和高中判若兩人，我以為是因為我們太久沒見了。但直到看見她和未婚夫的互動後，我才發現不是這樣，和工作或時間都沒有關係，好好就只是變了，她成為一個嶄新的人，完美丟掉過去的自己。

於是，我無法控制地感覺我也被丟掉了，被否定，被背叛了。我彷彿又變回吉他比賽那天的男孩，可悲可憐又可笑。

我不知道要怎麼告訴關傑這些，只能繼續沉默。

關傑板著臉，目光嚴肅，默默看著我。最後，他神情柔和下來，嘆了一口氣。

「這麼多年了，還是放不下嗎？」

我像是突然跌進裂縫中，一路墜落。對啊，我是怎麼了，為什麼一直活在那一天，為什麼在遇見好好後，我的心便一直激烈地混亂著？

「你還記得我高中跟徐雅婷告白了四次嗎？」

我怔怔看著關傑，不知道他想說什麼。

「最後一次是在畢業前一天，有印象吧，我租了一套白西裝，你幫我訂了玫瑰花，我知道我完全不可能成功，百分之百確定，但我還是拿著花去告白了，你知道為什麼嗎？」

我沒有回答。

「因為有些感情是沒有煞車的，只有撞毀才能真正結束，只有澈底死了，才能開始活另一個人生，所以不管你的原因是什麼，想做就去做吧。」

關傑用力拍拍我的肩膀，拍到我整個人都在晃動，就像當年一樣。

只是這次一直沉默的人，是我。

23.

幾年前有本暢銷書提到一個公式，算出若父母還剩下二十年壽命，真正能和父母相處的時間其實只剩下五十五天。

但時間不是這樣算的。

有人和父母同住，每天朝夕見面，卻沒有說過一句有意義的話，沒有真正了解過彼此一秒鐘。重點從來就不是時間，什麼二十年五十五天只是賣書的噱頭罷了，我對這概念極為反感。

所以我還是一樣很少回家。

過年一次，中秋節一次，爸媽生日各一次，一年四次，一季剛好一次，由於工作的關係，要再多也沒辦法了。

但目前看起來，今年我似乎會回家五次。

十分鐘前我還在錄音室，但現在我已經在南下的高速公路上了，我沒有跟爸媽說我會回去，一切都是臨時決定的，我甚至連換洗衣物也沒帶，家裡還有一些舊衣服，如果真的不行再去買就好。

一切都是臨時決定的，但這念頭已經存在我腦中整整一個禮拜了，整整的意思就是，在這七天裡的六十萬四千八百秒我都在考慮這件事。

最後讓我下定決心的是關傑說的那句話，「想做就去做吧。」

我決定去山海祭。

我還不知道我要做什麼，或我要怎麼做，我只知道去山海祭就會看到好好。

而我家離山海祭會場只有半小時車程，所以現在我才會在回家的路上。

我在休息站用手機查了山海祭的樂團名單，有一個我年初才幫他們錄首張專輯的後搖團，我打給團長左輪，喇賽了五分鐘，順利要到一張工作人員證，約好明天去後台找他拿。

上完廁所我繼續上路，開車回家。回家兩字曾代表從火車站到我家的那班公車，但買車後回家的路就不一樣了。下交流道，經過大潤發、民生公園、市立殯儀館、銅像圓環，當看到海鮮餐廳的立體螃蟹看板時，就差不多到家了。

這條路我已經開了快十年，每次回來都會發現有地方變了，巷口的鵝肉麵店歇業、照相館變成夾娃娃機店、沒什麼車的小路口架起了紅綠燈、漫畫出租店拉下鐵捲門，不變的只有螃蟹看板的巨大蟹螯，依舊活力飽滿地指向天空，但那鮮豔的紅色也一年比一年黯淡了。

我拿著休息站買的禮盒走進家門，屋裡空蕩蕩的，家裡沒人，爸媽不知道跑去哪裡。

剛應該先打電話的，算了，我把禮盒放在桌上最醒目的地方，決定先回房間躺一下。

房間從我上大學後就沒變過，電子琴和爵士鼓還是在老位置，音響的插頭拔掉很久了，數百張ＣＤ都蒙了一層灰，當年綠洲演唱會送的海報貼在牆上，一角垂了下來。

我打開抽屜，記得之前買的無痕海報粘土沒有用完，但怎麼找都找不到，反而發現意料之外的東西。

我怔怔望著手中的魅影面罩。

上次看到這面罩的情景仍歷歷在目，是十五年前吉他比賽那一晚。

那天我離開小四的店後，一個人在路上漫無目的走著，我不記得去了什麼地方，只記得我什麼東西都沒吃，卻一點也不餓。我不想要回家，我不知道怎麼面對媽媽，但也不知道能去哪裡，最後我還是只能回家。

我到家的時候已經晚上十一點半了，家裡黑漆漆的，媽媽坐在沒開燈的客廳，一聽到我進來就起身走進廚房。

「餓了吧，我煮水餃給你吃。」

媽媽好像什麼事都沒發生一樣，我不敢看她。

「我不餓。」

我往房間走去，媽媽從廚房追出來。

「那喝碗湯吧，熱一下很快就好。」

「不用了。」

我像是在躲避什麼猛獸一樣，慌忙走進房間關上門，確定媽媽沒有跟進來後，才終於放下心。就在這時，我看見媽媽送我的魅影面罩，白天在學校對媽媽說過的話瞬間湧進腦海，我厭惡地將面罩塞進抽屜最深處，之後十五年都忘了它的存在。

但我從沒有忘記我在學校對媽媽說過的話，每一個字都記得清清楚楚。

我和媽媽從來沒有提過那天的事，媽媽也沒有再說起轉學的話題。那天之後爸爸還是一樣寵媽媽，媽媽還是一樣疼我，彷彿什麼事也沒發生，一切都和過去一樣。幾乎，和過去一樣。

「豪豪回來了嗎？」

媽媽的聲音，我應了一聲，走出房間，看到媽和爸在門口，手中大包小包的百貨提袋。

「怎麼突然回來了？」媽媽笑著問。

「臨時有個工作在附近，可能會住兩個晚上。」

「那麼久沒回來，住久一點吧，你媽每天都問我你什麼時候要回來，我都快煩死了。」爸爸笑著說。

「禮拜一還有工作。」

「冰箱有蘋果，我去切。」媽媽正要離開就被爸阻止了。

「我去啦，妳整理這個。」

爸爸把手中的袋子交給媽媽。

「你們剛去逛街喔？」我問。

「對啊，累死了。」媽媽打開袋子，裡頭裝滿了童裝。

「買童裝幹嘛？」

「你表姊的女兒要生日啦，想說買衣服送她。」

「全部都是？」我驚訝看著好幾袋童裝。

「我就說不用買這麼多吧。」爸爸在廚房大聲說，「你媽就是不聽，我也沒辦法。」

「唉呦，都是自家人嘛，買多一點又沒關係，而且我一直想要有個女兒可以幫她打扮。」媽媽拿出一件浮誇的蕾絲蓬蓬裙，「你看現在童裝做得多漂亮。」

「妳確定表姊喜歡這種風格？」

「Nicole喜歡就好啦，又不是要給她媽穿的。」

我還不知道我外甥女有個洋名叫Nicole。

「還是要尊重一下人家老母吧，啊妳這麼喜歡幹嘛當初不自己生一個？」

「我才不要，要是又生男的怎麼辦，你小時候那麼皮，再來一個我真的會折壽。」

「哪這麼誇張。」

媽媽微笑看著裙子沒說話，幾秒後她抬眼看我，像是突然想到什麼。

「Nicole都三歲了，你表弟去年也結婚了，你呢，什麼時候要結婚？」

「沒對象怎麼結。」

「怎麼一直沒對象，要不要幫你介紹？」

「別鬧了啦，我住台北，妳怎麼幫我介紹。」

「隔壁王太太的女兒也住台北啊，我看過一次，長得很清秀，在國中當老師，你們可以認識一下。」

「不要浪費人家的時間啦，真的。」

媽媽不說話了，皺著眉煩惱。

「怎麼會這麼久都沒有女朋友呢，是不是你太沒自信了？」

「我哪裡沒自信？」

「你從小就很沒自信啊，還記得——」

媽媽突然閉上嘴，空氣沉默下來，我彷彿可以看見媽媽一步步後退遠離危險的畫面。

吉他比賽那天過後，我和媽媽之間就多了一個名為胎記的地雷。大部分時候我們都不會意識到地雷的存在，只有像現在這種時刻，我們會突然發現地雷就在前方，於是趕緊繞道而過。

我不知道媽媽是怕這話題會傷害到我，還是怕傷到她自己，我從沒有問過媽媽這個問題，因為問題本身也是地雷的一部分。

只有一次，媽媽完全無法迴避這件事，因為那天是我用雷射除掉胎記後第一次回家。

我沒有事先跟爸媽說，帶著一張乾淨的臉出現在家門口。媽媽先看到我，瞪大眼激動顫抖，摀著嘴說不出一句話。這時爸爸出現了，興奮問了一大堆問題，媽媽退到一旁，從頭至尾都沒有開口。

那天和之後的許多日子，媽媽都沒有再提起雷射的事，她始終完美避開地雷，表現可圈可點。

「吃水果！」爸爸把一盤切好的蘋果放在桌上，又跑回去整理廚房。

「你快吃。」媽媽對我說，繼續把童裝一件件拿出來看。

我曾經以為地雷會和胎記一起消失，但我錯了，地雷一直在那裡，一直存在我和媽媽之間。如果我不做些什麼，這件事就永遠不會改變。

或許，我可以先從好好開始。

「其實……我這次回來是因為一個女生……」

「嗯？什麼女生？」媽媽期待地看著我。

一個從不會讓我意識到臉上胎記的女生。

一個曾經丟下我上台北的女生。

一個即將要跟別人結婚的女生。

媽媽期待地看著我。

「沒有啦，一個女歌手，陪她去音樂祭。」我還是無法。

「誰啊？」

「妳沒聽過啦，新人。」

「喔。」媽媽又埋首回去她的童裝裡，專注認真，好像她真的有了一個小女兒。

其實我這次回來是因為一個女生，我在心裡對媽媽說，一個曾讓我魂牽夢縈的女生，我要讓她愛上我，然後再離開她。

就像當年她對我做的事一樣。

24.

在一個音樂祭裡找人是什麼概念？

以去年山海祭單日參加人數兩萬人來看，大概就是一個滿座的澄清湖棒球場，或十所高中的學生，或五十台太魯閣列車的乘客，要在裡頭撞見一個熟人那樣的概念。

更崩潰的是，山海祭有兩個會場，一個在海灘上，一個在深山裡，有纜車接駁，單趟五分鐘。於是有微小但不等於零的可能性，我會在換會場的時候，跟好好在纜車上錯過。

當然，我可以打給好好，告訴她我也來了，問她在哪裡。但我不想太刻意，我決定先找找看，不行再說。

我下午一點出門，在停車場就可以聽到海灘傳來的重低音，有一個地圖看板在入口處。我發現沙灘西側有一個小舞台是由贊助廠商冠名，就叫Gucci舞台。

我心情頓時放鬆不少，先去找左輪拿工作證，然後走去Gucci舞台。舞台從背景到頂棚都是Gucci招牌的綠紅配色，一名女歌手正在台上自彈自唱，觀眾坐在沙灘上聽歌，手中拿著啤酒，氣氛慵懶舒服。

我很快就看見好好了，她在舞台右側階梯下方，拿著麥克風，似乎正準備上台。

果然，表演結束了，女歌手拿著吉他下台，好好微笑走上舞台，但她卻在最後一級階梯上停住了。

好好的笑容凝結，眼神非常驚恐，整個人似乎完全無法動彈。

我順著她的視線望過去，舞台怎麼了嗎？

下一秒，我瞪大雙眼。

「借過！」

我亮出工作證衝到後台，好好還站在階梯上，工作人員都擔心地望著她。我隨手抓了一條音樂祭毛巾，連招呼也沒打，就從好好身邊跑上舞台。

我跑到舞台前方，將毛巾蓋上那隻喇牙抓起來，然後從另一側階梯跑下舞台，整個過程不到三秒鐘。

我回頭，對面的好好驚訝看著我，我微笑比比舞台，要她快點上去。好好愣了一下，又變回自信美麗的主持人，快步踏上舞台，介紹下一組表演者。

我把包著喇牙的毛巾丟進後台的垃圾桶，歌手開始試音，好好下來了，她不可思議地看著我，好像我是從某個亞空間突然蹦出來的外星人。

「你怎麼在這裡？」

「臨時有工作。」我晃一晃胸前的工作證。

「蜘蛛……你還記得喔？」

「很難忘記吧，」我笑笑，「要不是妳當年在機房看見蜘蛛大叫，我也不會跑進去被滅火器砸。」

好好望著我，臉上慢慢浮出微笑，但也只是微笑而已。

「你可以喝酒嗎？」好好指了指我的工作證，「工作的時候。」

「工作早上就結束了。」我亂說。

「那我請你喝酒。」

好好帶我到舞台旁的沙灘酒吧，跟工作人員拿了兩瓶啤酒。她把冰透的酒瓶遞給我，我接過來的時候碰到她的手指，已經不是十六歲的少年了，但心跳依舊漏了一拍，有夠可笑。

「妳工作的時候可以喝酒？」我問。

「我也結束了，後面有其他人負責。」

我們拿著酒瓶走向外圍人群較少的地方，好好走得搖搖晃晃，一度差點跌倒。

「怎麼來海邊還穿高跟鞋？」

「形象也是工作的一部分。」好好笑著說，語氣沒有絲毫不耐，真是個完美員工。

我忽然想到什麼，停下腳步，把鞋子脫掉拿在手上。

「妳也把高跟鞋脫掉吧，比較好走。」

好好微笑搖頭。

「公司有規定不行？」

「沒有。」

「那就好啦，工作已經結束了，不要活得這麼無趣好不好。」

好好停下腳步，瞇起眼睛看我。

「這句話怎麼有點耳熟？」

「某人對我說過的啊，就在這片沙灘上，我到現在還記得某人當時的鄙視眼神。」

我挑釁地晃一晃手中的鞋子，好好繼續盯著我，突然她把啤酒塞到我手中，彎身俐落脫掉高跟鞋。

好好先在沙上踩了幾下適應溫度，然後把腳趾慢慢鑽進沙裡，接著仰天發出一聲長長的嘆息。

「天啊，好舒服。」

我笑出來。

「笑什麼？」

「妳剛剛那聲音超像泡溫泉的老頭。」

「哪有！」

我模仿她的忘我嘆息，還多加了幾個轉音。

「才不像咧！」好好笑著拍了我一下。

好好的力道極輕，但已足夠讓我的身體從裡到外熱起來，我望著眼前光腳女孩的梨窩笑容，感覺公關好好正一點一滴消失當中。

我們拎著鞋子走到最外圍，面對Gucci舞台坐下來，台上兩個文青男孩自彈自唱，我們一口一口喝著啤酒。

「大製作人，他們的歌怎麼樣啊？」

「ＯＫ。」

「ＯＫ是什麼意思，說清楚點嘛。」

「旋律性不夠，副歌無法讓人記住，這種曲風現在也不流行了，就算勉強發片也會很辛苦。」

「哇。」好好瞪大眼看我，「太嚴厲了吧。」

「妳自己要我說的。」

「但我滿喜歡他們欸，他們讓我想到以前你寫的那些歌，我知道聽起來完全不像，但就是會想到，我也不知道為什麼。」

我沒答腔，繼續喝酒聽歌。

很快我就發現好好說的沒錯，儘管有不少瑕疵，但他們音樂裡的情感原始直接，那是有話想說的創作者才能寫出的曲子，不是為了錢，不是為了成名，單純為了自己而寫，而唱。

我怎麼會連這一點都沒聽出來？

我苦笑，把剩下的啤酒一飲而盡。

「我去買酒，妳還要嗎？」

「好啊。」

我走去剛剛那個攤位買酒，趁排隊時重新整理心情。我不是來聽表演，不是來跟好好討論音樂，我是來破壞她的幸福，千萬別忘記了。

我拿著兩瓶啤酒，想了接下來可以聊的曖昧話題，鬥志高昂地走回去，眼前的景象卻讓我瞬間呆掉。

好好身邊趴著一隻黑狗，她正溫柔摸著狗頭，黑狗哈哈吐氣，咧開的嘴笑得十分開心。

不是吧……

我在好好身邊坐下來，沒有黑狗的那一邊，當然。

「小黑你看這是誰？」好好在黑狗頭邊說話，一手比向我。

我仔細一看，黑狗毛色亮麗，肌肉緊實，明顯還很年輕，不可能是十五年前我和好好在這片沙灘上遇見的那隻狗。但我不得不承認，牠和我記憶中的黑狗極為神似，連項圈顏色都一模一樣。

「妳該不會以為這是當年那隻狗吧？」

「當然不可能啊。」

我點點頭，好好還算有點常識，沒想到她接著說。

「這是小黑的兒子，小黑二世。」

傻眼。

「不要亂幫人家認親啦。」

「牠一定是小黑二世啊，不然整個海灘那麼多人，為什麼牠就偏偏跑來趴在我身邊？」

我還真不知道。

「小黑。」我伸手想摸黑狗的頭，沒想到牠突然齜牙咧嘴，喉嚨滾著低吼，我嚇得趕緊縮回手。

「小黑不可以喔。」好好摸兩下狗頭，黑狗便又咧開嘴笑了。

幹，該不會牠真的是小黑二世吧，完全遺傳到牠爸糟糕的看人品味，我不信邪，改用溫柔嗓音呼喚牠。

「小黑。」我。

威脅吼聲。

「小黑。」好好。
咧嘴吐舌笑。
「小黑。」我。
威脅吼聲。
「小黑。」好好。
咧嘴吐舌笑。
我拳頭硬了，好好卻在一旁笑得很開心。我不禁又多喊了幾次小黑，只為了聽好好的笑聲。她的笑聲比頭頂的太陽還要明亮，沒有雜質，只有最純粹的快樂。
那毫無疑問是好好高中的笑聲。
我完全忘記我原本要丟出什麼曖昧話題了，好好的笑聲將我帶回遙遠的高中生活，我們聊起當年蹺課來海邊的經過，聊起體育館小房間的補習，聊教官老黃和偉仁學長，聊街頭演唱和生日剪髮，過去的往事不論好壞，在時間催化下都變得可愛迷人，敷著一層金黃色的溫柔光芒。
我們喝了一輪又一輪，笑聲從沒停過。天色漸漸暗了，舞台上的表演者也換了好幾組。我問好好要不要去山舞台，晚上的壓軸是我製作過的後搖團，非常厲害。
好好很興奮，說她長這麼大還沒坐過纜車。我們兩人一狗走去纜車站排隊，好不容易輪到我們，工作人員卻說狗不能上車。好好摸小黑的頭道別，小黑可憐地嗚嗚叫，活該，我笑著對牠揮手拜拜。
纜車的窗戶可以打開，涼風吹進來，我稍微清醒了一點，想起晚上的計畫。我看向好好，她臉頰紅通通的，微笑望著窗外，原本不抱期待的計畫，似乎越來越可能成真了。

山舞台比海舞台小一些，觀眾也較少，氣氛卻很棒，音樂漂浮在星空下，我和好好站在最外圍聽歌，方便買酒。

輪到左輪的團了，他們今天的表演比過去更迷幻，山神呢喃，精靈舞蹈，我們被星星和音樂包圍，精神彷彿被洗滌過一樣，從都市帶來的煩惱全消失了。

好好和白天判若兩人，她赤腳踩在草地上，衣袖和長褲胡亂捲起，手拿啤酒閉著眼睛，隨著節拍搖頭晃腦，放鬆地享受當下。

最後一首歌結束了，觀眾大喊安可。

「他們好棒。」好好笑著對我說。

還有更棒的。

左輪對麥克風說他們的安可曲要唱一首別人的歌，五月天的〈溫柔〉。

「天啊。」好好尖叫。

昨天我打給左輪，他提到他們安可想要做首經典流行歌曲，問我有沒有什麼建議。當時我完全沒想到這一刻好好會這麼開心，我會這麼開心。

安可結束了，左輪他們下台，換成一個辮子頭電音ＤＪ，接下來是午夜派對場。開始有人陸續離開去搭纜車，這是關鍵時刻，我看向已經微醺的好好。

「妳要再一杯嗎？」

「要！」

我去買兩杯現拉啤酒，等待的時候看看手錶，應該沒問題了。纜車再十分鐘就會停駛，大部分留下來的人都是開車上山，不然就是訂了附近的小木屋。但小木屋已經客滿了，因為我昨天訂到了最後一間。

待會派對結束後就沒纜車了，叫車上山要等一個半小時，回到市區都快五點了，不如住在山上。孤男寡女加上酒精和好心情，一切元素都備齊了，就算最後什麼事也沒發生，這一晚也足夠破壞好好的豪門婚約。

我拿著啤酒回去，好好跟我乾杯，她蹦蹦跳跳開心大笑，渾然不知我的邪惡計畫。我大口喝酒，重低音震得內臟都在發抖，隱隱有些罪惡感。

「啊！」好好突然大叫。

我心一緊，她記起纜車時間了？

「我們去游泳！」好好雙眼發光看著我。

「蛤？」

「游泳啊，游泳！」好好比出自由式動作。

「現在？」

「我們上次來的時候沒游到泳，這次絕對要游到。」

「妳有泳衣嗎？」

「衣服濕了還有兩套公關服可以換，走吧！」

好好轉身朝纜車站走去，我慌忙追上她。

「喝醉游泳不好吧。」

「你看起來沒醉啊。」

「我說妳啦。」

「有你保護我就好啦，你不會讓我被海浪捲走吧。」

「當然不會，但——」

「那就好啦，快點！」

我的手腕被一股冰涼的柔軟觸感包住，好好抓著我開始跑，我心跳加速，感覺這一刻似曾相識，然後我就想起來了，當年好好也曾經這樣抓著我一路跑到圍牆邊，要我跟她一起蹺課。可惡不管了，計畫怎麼樣都沒差了，我現在就要跟好好去游泳，其他事情明天再說吧，如果我們沒有被海浪捲走的話。

我加快腳步，跟好好一起衝進纜車站。沒有人在排隊，因為已經不能排隊了，通道拉上了禁止通行的塑膠鏈條，一旁的立牌寫著纜車時刻表。

「纜車只到十點半。」我惋惜地說，好像我原本不知道一樣。

「他們才剛走。」好好指向前方，還可以看見最後一台有人的車廂正緩緩遠離，我們只晚了不到一分鐘。

「趁現在沒人，快點！」好好跨過鏈條跑進通道，我跟在她身後來到無人的搭車平台，一台台纜車繞著U形軌道進來又出去，車門大大敞開彷彿在歡迎我們，不用問我就知道好好要做什麼了。

我應該要阻止她，但我不想。

我和好好一起衝進最近的車箱。

「蹲下！」我說。

我們蹲在地板上躲好，剛走出來的工作人員沒看見我們，車門自動關上，等到纜車完全駛離平台後，我和好好才起身坐好。

好好胸膛上下起伏，還有點喘，但臉上卻掛著大大笑容，我也一樣。我們看著彼此，眼睛都笑彎了，黑暗車廂安全又溫暖，一起幹壞事的滋味美妙無比。

過了一陣子，我們聽見下方傳來的重低音，可以看見發光的海舞台了。觀眾和下午相比少了很多，但每一個都跳得超級賣力，就算隔了這麼遠，還是可以感覺到沙灘上的強烈熱度。

「海好黑喔。」額頭貼窗的好好說。

「那就不要游了吧。」我稍稍恢復了理智。

「你怕囉？」

「是妳怕吧。」

「我才不怕，因為你會保護我啊。」

「嗯，」我柔聲說，「我會保護妳。」

好好靜靜看著我，動也不動，黑暗中看不清她的表情，只能看見她眼瞳裡的微光。

「你——」

車廂突然大大晃了一下，好好驚呼，然後是完全的靜止。

纜車停住了。

25.

事情很快就明朗了。

在最後一組乘客下車後，纜車就停止運轉，但沒人知道我和好好才是最後一組乘客。

我們打開窗戶對下方大喊，用力揮舞雙手，但一點用也沒有，舞台太吵又太遠了，沒有人會看向半空中一輛動也不動的纜車。

最絕望的是，我和好好的手機都沒有收訊。

事情很快就明朗了，我們被困在纜車裡，最快要等到明天八點才能下去。

在確定這件事無法改變後，好好大笑起來，笑倒在椅子上不能自已，我才發現她比看起來還要醉。

「笑點在哪啦？」我笑著問。

好好邊笑邊搖頭，眼淚都流出來了，「我們是不是被詛咒了啊，永遠都無法游到泳。」

「只有妳被詛咒好嗎，我是被妳拖累的路人。」

「幸好還有你可以拖累，要是現在只有我一個人，我就笑不出來了。」

好好的話讓我突然發現，我的計畫陰錯陽差成功了，只是場景從小木屋變成纜車，一樣是孤男寡女，一樣要共渡一晚，我莫名緊張起來。

「幹嘛突然不說話？」

「在想會不會太冷。」我把窗戶關到剩一條小縫通風。

「可以在半空中的纜車過夜，你不覺得很酷嗎？」

好好興奮望著窗外，完全不擔心要怎麼度過這一晚，我不可思議看著她。

「妳有怕過什麼事情嗎，除了蜘蛛？」

「當然啊，人家是女森欸。」好好說完自己笑個不停。

「少來，妳才不是那種女生。」

「那我是哪種女生，你給我說清楚喔。」

「不懼怕外界眼光和阻礙，比任何人都勇敢的那種。」

好好一愣，噗嗤笑了。

「我才沒有你說的那麼厲害，我一點也不勇敢，常常會害怕，是非常普通的女生。」

「普通的女生才不會高中就在背上刺青，還沒畢業就離家出走。」

好好微笑看我，有如媽媽在看一個不懂事的孩子。

「你覺得一個十七歲女孩離家到另一個城市謀生是冒險故事嗎？只要有勇氣和信念就可以得到美好結局？」

我沒答腔。

「才、不、是，」好好帶著醉笑搖一搖食指，「是恐怖故事喔。」

好好說完哈哈大笑，但我卻笑不出來。

「妳上台北後……有遇到什麼不好的事嗎？」

「很多啊，工作、生活、感情，全都是一堆爛事，你想要聽哪個？」

「我……都想聽。」

「你確定嗎，很驚人喔。」

好好在椅子上盤腿坐好，黑暗中眼睛閃閃發亮。

「因為高中沒畢業，很長時間我都找不到像樣的工作，只能打些妖魔鬼怪的零工。第一份工作我就被欠了兩個月薪水，最後老闆跑路，一毛錢也沒拿到，還差點被上門討債的人打。職場性騷擾對我來說是家常便飯，我每次都公開他們的惡形惡狀，結果有個主管竟然反告我誹謗，有夠傻眼。還有一次在飲料店打工，外送的時候出車禍，石膏打了六個禮拜，公司沒幫我付醫藥費，反而還要跟我求償，很可怕吧。大家都欺負我小女生喔，沒有人會因為妳一個人在外地就特別照顧妳，反而都想占妳便宜，這種時候如果就這樣軟下去，真的會被吃死，吃到骨頭都不剩。我就有同事碰到一樣狀況，忍氣吞聲，卻被更惡劣對待，最後得了憂鬱症，好幾次自殘進急診……」

好好忽然停住，雙眼似乎有些濕潤，但臉上仍帶著笑容。

「但是啊，就算你硬起來，還是會遍體鱗傷。這些年我不知道搬過幾次家，什麼情況都碰過，住過凶宅，遇過惡鄰居暴力威脅，最可惡一次是搬進去發現一堆問題，解約時房東拿出另一份契約要求賠償，才知道他根本預謀騙我。我不想付錢了事所以告上法院，整整拖了一年半，最後還是只能和解。這件事真的讓我心力交瘁，好長時間都提不起勁，覺得這世界非常噁心，每天都像在夢遊一樣恍惚度日，那陣子我就會常常想到你。」

我愣了一下，黑暗中心跳怦怦大響。

「為什麼？」

「大概是因為，你代表我人生中最後一段單純時光吧，我輟學離家後才知道，大人世界和學校完全不一樣，老黃至少還會照校規辦事，但社會沒有規矩，只有利益和人際關係。有時候真的很心煩，就會想你現在正在做什麼，想你上了哪一所大學，想像你的大學生活是什麼樣子。」

「很無聊啊，沒什麼特別的。」

「怎麼會，女朋友呢？」

「沒有這種東西啊。」

「吼，很沒用欸，虧我那些年都在想像你談了一場轟轟烈烈的戀愛，你要怎麼賠我？」

我笑了笑。

「那妳呢？妳的感情生活怎麼樣？」

「運氣很差啊，跟工作一樣。」

「我以為妳不相信愛情。」

「人都會變啊，你看我現在都要結婚了。」好好笑著說。

是啊，人都會變，好好因為餐廳外場工作認識了一個叫發哥的廚師，整整大她一輪，但她一眼就愛上了，像落葉碰上龍捲風，整個人被猛烈捲了進去。

「我也不知道怎麼會這樣，但就是愛到了。那陣子重心全在男友身上，工作外的時間都跟他黏在一起，覺得他就是我悲慘人生的救贖，最後才發現我錯得離譜。」

發哥會吸毒，是個毒蟲。

「從K他命、海洛因到古柯鹼，他無毒不用，那兩年真的是毒品大觀，什麼毒我都見過。因為他的緣故，我幾乎沒有正常生活，自己也差點染上毒癮。最誇張的是，無論發生什麼事，我都沒有想過要離開他，簡直像被下蠱一樣，現在想起來還是覺得很恐怖，我才發現原來我和我媽根本就一樣，愛到卡慘死。」

「那……後來呢？怎麼結束的？」

「有天回家發現他面朝下倒在廚房地上，已經斷氣了，注射過量，後來我才知道他最後爬去廚房是想要喝一杯水。」

好好臉上讀不出任何情緒，我看進她的雙眼，想要看出更多東西，卻什麼都沒有，所有過去都沉進她的黑色眸子裡，浮出來的只有笑容。

我忽然感覺溫度下降了，我起身關上窗戶，車廂上方還有通風口，不至於缺氧。

「至少妳現在找到幸福了。」我說。

「還是有很多煩惱啊，Peter他媽很討厭我，每次去他家都像上刑場一樣。」

「太誇張了吧。」

「才沒有，要是眼神可以殺人，我已經不知道死幾百次了，但也不是不能理解啦，留美的寶貝兒子要娶一個高中都沒畢業的女人，要是我也很難接受。」

「所以妳未婚夫為了娶妳鬧家庭革命？」

「他爸很喜歡我，他家主要還是爸爸作主。」好好頓了一下，「但比起他媽，我更討厭他爸。」

「為什麼？」

「他爸喜歡我只有一個原因，他認為女人什麼都不用會，只要長得漂亮聽話就好，他在飯桌上很多言論常常讓我吃到快吐出來，超級噁心。」

「結婚真的很辛苦呢。」我下結論。

「怎麼覺得你在幸災樂禍。」好好笑著踢我小腿，「話說你上次差點害死我，還沒跟你算帳。」

「嗯？」我聽不懂。

「還裝蒜，你上次在Peter面前問我刺青的事啊。」

「喔。」那個啊。

「喔屁喔，你都不知道我被你害得有多慘。」

「怎麼了？」我期待地看著好好。

「那天我們一離開飯店，Peter就問我你怎麼會知道我的刺青，問我跟你到底是什麼關係，我說我們只是普通朋友，他死都不信，最後甚至把車停在路邊，說我沒講清楚就不用去試婚紗了，我嚇死了，第一次看到他這個樣子。」

所以那傢伙還是會吃醋的嘛，我嘴角默默上揚。

「後來呢？」

「後來我就編了一個故事，說我的刺青師是你表哥，所以你知道我的刺青，我們以前會三個人一起出去玩，你就像我弟弟一樣，Peter就沒再說什麼。」

「為什麼不說實話就好？」

「為什麼喔……」好好歪著頭想了想，「因為和你的回憶是我最珍貴的寶物，如果我說給第三者聽，感覺就好像背叛了那段回憶，背叛了你。」

空氣忽然安靜下來，好好醉醺醺看著我，眼神迷濛曖昧，我感覺胸口緊緊的，說不出話來。

好好突然嘻嘻一笑，「我是不是很冰雪聰明啊，可以瞬間編出什麼表哥故事，我都不禁佩服我自己了，真的是臨危不亂，亂中有序，絮絮叨叨，刀……刀……」

好好酒醉的腦子明顯打結了。

「刀槍不入。」

「對！刀槍不入……不入……」

「Blue Monday。」

「啊哈哈哈哈不入Monday！」好好彎身大笑，車廂微微搖晃。

感謝酒精讓這白痴諧音變成了世紀笑話，好好笑了好長一段時間。

「天啊，好久沒笑得這麼開心了。」好好撫著胸口喘氣，「沈家豪你很幽默欸。」

「我平常還好，真的。」我說，「Peter不好笑嗎？」

好好用力搖頭，「他嚴肅得要死，如果我在外頭笑太大聲還會被他唸，很誇張吧。有時候我會覺得他什麼都好，就是太正經了，但沒有人是完美的，對吧？」

我望著眼前的好好，不確定這句話是否正確。

「為什麼妳要除掉刺青啊？」我問，「那刺青不是對妳很重要嗎？」

「因為變成大人了啊。」好好一臉理所當然。

「變成大人跟刺青有什麼關係？」

「你看過《藍色大門》嗎？」

「有啊。」

「陳柏霖對桂綸鎂說，留下什麼，我們就變成什麼樣的大人，但才不是這樣，而是丟掉什麼，就變成什麼樣的大人，我把刺青和夢想都丟掉了，就變成現在這個樣子啦。」

好好把雙手大大張開，笑笑展示自己，她的笑容非常美麗，但也無比哀傷。我有股衝動想要上前抱住好好，她卻已經收回雙手抱住自己。

「那時候我認識一個醫美診所諮詢師，她看到我背上的刺青，問我要不要當他們診所雷射除刺青的模特，可以賺兩萬塊。我那時候缺錢缺瘋了，每個月都在擔心下個月的房租和生活費，所以就答應了。結果療程做一半發現效果不好，他們就說不除了，也不給我錢。當初因為信任朋友沒簽合約，所以法律上也討不到便宜，整個就像被白嫖了，很蠢吧。」

我說不出話來。

「除一半的刺青真的很醜喔，醜到我想自殺那種醜，幾年後我才又找了別家診所把療程做完，但還是無法完全除乾淨，你看。」

好好突然轉過身，拉起衣擺露出後腰，暗影中瞬間出現一塊誘人的亮白，等眼睛慢慢適應後，我才發現乍看細緻無瑕的白色肌膚上遍布深淺不一的褐色痕跡，像是用劣質橡皮擦擦過的素描畫，許多地方甚至微微凸起。

我伸出食指碰觸眼前凹凸不平的皮膚。

好好尖叫抖了一下，「好癢！」

但她沒有放下衣服，沒有轉過身，我的指尖繼續在她背上游移，像一個盲人虔誠地探索未知大陸，也像一位密碼專家，渴望破譯好好身上藏匿的所有祕密。

「有點冷。」好好輕聲說。

我把手縮回來，好好很快放下衣服，雙手環抱自己，臉紅通通的。

「你不冷嗎？」好好搓著手臂。

好好一問我才發現溫度又下降了，寒氣裹著裸露皮膚，我們身上都沒有多的衣物，今晚大概會很難熬了。

「妳要不要坐過來？靠近一點會比較溫暖。」

「才不要！」好好醉喊，「為什麼不是你坐過來？」

我默默起身，在好好身邊坐下，刻意坐得很近，肩膀輕輕碰著她的肩膀，我又聞到熟悉的淡淡香氣。

一整天的工作與派對似乎讓好好在這一刻終於耗盡了體力，我感到她的重量正一點一滴朝我傾過來，熱燙柔軟，我半邊身體彷彿著火了，思緒全化成黏液，喉嚨焦渴好想喝水。

好好忽然開口，聲音小小的，像黑暗中飄忽的螢火蟲光芒。

「沈家豪……」

「嗯？」

「沈家豪……」

「怎麼了？」

好好沉默了一會兒，然後像是要確認我的存在般，又緩緩唸了一次。

「沈家豪……」

「我在這。」

好好似乎終於滿意我的回答，低著頭不再開口，下方的音樂聲不知何時停了，溫柔的寂靜包圍我們。

「我曾經以為妳把過去捨棄了，全都丟掉了，就像妳剛剛說的一樣……」我聲音很輕很輕，好好的頭靠在我肩上，「我因此覺得受傷，非常難過，但今天我才知道妳並沒有丟掉任何東西，或許雷射改變了妳的身體，環境改變了妳的笑聲，但這些都沒有改變妳的心，妳還是妳，還是高中那個我覺得很真、很棒的于好好。」

車廂陷入完全的靜默，我的心臟彷彿取代先前的派對重低音，開始用力加速，跳得又重又猛，激烈到整個車廂似乎都會跟著震動起來。

好好一直沒有回應。

「好好？」

沒有答腔。

我微微偏過頭看，發現好好閉著眼睛，眼睫毛的影子拉長了落在臉頰上，隨著呼吸輕盈移動。

我第一次知道影子可以這麼美好，如夢似幻，深深打動我的心。

好好睡著了。

和她相反，我比北極的冰還要清醒。

完蛋了，看著她嬌嫩欲滴的嘴唇，聞著她誘人犯罪的體香，我完蛋了。

原來，今晚真正難熬的，只有我。

26.

「你怎麼看起來快死了？」好好大口吃著我幫她買回來的蛋餅早餐。

「我整夜沒睡。」

「幹嘛不睡？滿好睡的啊。」

「我認床。」

我一點都不認床，只是整晚都在跟自己的幻想搏鬥，以及配合好好的姿勢喬角度，讓她可以睡得比較舒服。

因為好好的關係，我右邊大腿痠到不行，後背肌肉僵硬如石頭，脖子也扭到了。但我喜歡她靠著我的感覺，久違的安穩親密感，雖然當事人完全沒記憶就是了。

吃完早餐，我們一起去Gucci舞台，好好工作，我坐在沙灘上看她工作。她又變回時尚優雅的公關主持人，但我知道在那專業笑容之下，還藏有一個更真實的好好，這讓我有一種知曉祕密的奇妙幸福感。

突然有個黑影在我身邊坐下，是小米姐。

「妳怎麼在這裡？」我嚇一跳。

「來看看以前的老夥伴，好久沒回來了。」

小米姐一說我才想起來，山海祭就是她和幾個大學好友共同創辦的。

「你呢？怎麼會來？」小米姐問。

「喔……昨天有工作。」我有些心虛，要是小米姐繼續追問，肯定會發現我在唬爛。

但她什麼也沒說，只是撥撥被風吹亂的頭髮。舞台上的歌手唱得聲嘶力竭，從我們的角度可以看見左方等待上台的好好。

「我早上有看到你，」小米姐說，「跟她。」

我愣了一下，「喔……她是Gucci的公關，老朋友。」

「這次是認真的？」

「嗯？」

「要定下來了？」

「沒有啦！」我趕忙否認，「只是普通朋友。」

小米姐笑著瞅了我一眼。

「是是是，普通朋友。」

「真的啦。」

「我之前碰過你帶女生幾次？四次？五次？」

「大概吧。」

「但我從沒有見過你那麼開心自在，一次都沒有。」

我呆了半晌，然後很快打哈哈帶過，問小米姐跟酒吧老闆男友最近如何。她像過去一樣抱怨男友老是逃避婚姻話題，我像往常一樣安靜聆聽，偶爾插幾句譴責她男友。

但不論我跟小米姐聊了什麼，我的心跳始終因為她之前那句話而怦怦大響，直到小米姐離開後好一段時間，才終於恢復正常。

跟好好在一起的我，真的有那麼開心嗎？

我不知道。

我只知道這一點也不重要，她是有未婚夫的人，而我，是打算破壞這一切的人。

下午好好的工作結束了，我們像昨天一樣，在各個舞台轉悠，喝啤酒聽音樂。電燈泡小黑沒有出現，好好有些失落，我意外發現自己也有點想念牠。

日落時分我和好好離開人群，在海灘上散長長的步，聊各種事情。好好染上金黃餘暉的側臉很美，但我沒有忘記我的計畫。

「妳未婚夫有擔心妳嗎？」

「擔心我什麼？」

「昨晚聯絡不上妳啊，妳手機不是沒收訊。」

「他不會找我啊，我們沒有睡前聊天的習慣。」

可惜，不過我和好好單獨過夜已是事實，之後可以再想辦法利用這一點。

晚上海舞台的壓軸表演結束後，好好問我要不要多留一天，明天一起來海邊游泳。

「妳真的很不死心欸。」

「先說，我已經請假囉，不管你有沒有一起我都會去游。」

「先說，明天我只負責游泳，不管妳會不會被海浪捲走。」

好好笑得很開心，就像我當年認識那個樣子。

只是，我們似乎真的被游泳之神詛咒了。隔天一早我接到好好的電話，她說家裡臨時有事，必須趕回台北。我也沒有多待一天的理由，便提議載她回去。

在車上好好負責ＤＪ，她放了許多我寫的歌，大聲唱出歌詞鬧我，她的歌聲笑聲就像燦爛煙火在車裡不斷綻放。我從不知道開車是一件這麼快樂的事，如果可以，我願意一直繞著台灣開下去。

但不行。

台北到了，好好告訴我她家的地址，喇叭傳出一首我三年前寫的抒情歌。

「這是最後一首，你寫的歌都放完了。」好好說。

「可以連續放兩個多小時，我還滿厲害的嘛。」

「為什麼沒有那一首？」

「哪一首？」

好好沒有說話，她按停音樂，開始唱歌。

過了這麼多年，她依然記得我最初寫的每一句歌詞。一股強烈的感傷瞬間攫住我，我直視前方專心開車，深怕一轉頭就會看見穿高中制服的好好，然後我就會變回十六歲的無知男孩，做出蠢事，說出傻話，再一次受傷。

好好唱完了，她家也到了，一棟氣派大樓，圍牆比當年我和好好蹺課爬的牆高出許多，大門口有兩名西裝保全。我停在路邊，車沒熄火，我可以感覺到好好的視線。

「這裡沒錯吧？」我看著前方說。

好好沒有答腔，她仍舊看著我，我知道她在等我回答。

「因為這首歌很特別，」我輕聲說，「我不想讓別人唱。」

彷彿一整個世紀那麼久的沉默。

「謝謝。」

我轉過頭，看見熟悉的梨窩笑容，眼前是十七歲的好好，也是三十三歲的好好，對我來說已經沒有任何分別了。

好好打開車門，準備離開我回去她的世界，我傾身抓上她的手，將她拉回來。

我們的唇輕易地找到彼此，瞬間我跌進空白，意識和身體都融化了，一切不可思議的溫暖。直到好好的氣息完全離開後，我才眷戀不捨地回到現實。

好好別過臉，胸膛上下起伏。

「我們不要再見面了。」

好好下車，很快跑進大樓，連車門也沒關。

我靜靜坐著，世界還在暈眩，然後下一秒，我瞥見後照鏡中有個人影。我愣了一下，回頭看時，人影已經消失了。

那是好好的未婚夫。

27.

「真的假的？」關傑大吼。

「嗯。」

「他有看到你嗎？我是說你們？」

「有吧。」

「所以你成功了？順利破壞了好好的感情？」

我的生活還是和過去一樣，開會、編曲、配唱、後製、開會，順序不盡然如此，但大抵都是過去生活的重複，只除了一件事情。

我一直在等待好好那邊傳來的消息。

我一天會刷好幾次好好的臉書和Instagram，試圖從她的貼文裡尋找蛛絲馬跡，想看出她和未婚夫是否吵架，感情出現危機，或甚至是分手了。這毫無疑問已成為一種病態偏執，但我無法停止。

那個吻之後，我沒有再和好好聯絡。我只要打個電話，或是傳個訊息，就可以知道後來是什麼狀況，我卻始終沒有勇氣去做。她說，我們不要再見面了，姿態是那麼脆弱，像在哀求，聲音卻又那麼堅決，像是命令。

我不知道該怎麼面對好好。

我不知道該怎麼面對自己。

「你幹嘛親好好？」關傑問。

「不知道。」

「你怎麼會不知道？你是被附身喔？」

「也許。」

「吼，認真點啦，算了，我換個方式問，那個吻是戰略型的吻，還是衝動型的吻？」

「聽不懂。」

「戰略型的吻是為了製造劈腿證據，或為了騙到好好的心而親，衝動型的吻是你當下什麼都沒想，就是想親她。到底是哪一個？」

我不知道。

我只知道那一吻炸開我心中某個角落，炸出一大團難解的混亂。我帶著這團混亂日復一日生活，以為一切都在控制之中，以為我隱藏得很好，怎麼知道那天錄音結束後，錄音室的虎哥突然問我。

「小歐你還好吧？」

「嗯？很好啊，怎麼了？」

「感覺你有點不在狀況。」

「有嗎？」

「你真的沒事嗎？」虎哥拍拍我。

「沒事。」我微笑，「沒事。」

我沒事。只是有時候會忽然對一切感到厭煩，對我正在做的口水歌，對麥克風後的平庸歌手，對永無止盡的後製感到噁心，我想要丟下這一切離開，但我能去哪裡？

最近我常常做夢，都是同一個夢境。我又回到停駛的纜車上，但這次只有我一個人，車廂冷得像冰庫，黑夜看不到星星，忽然我發現好好坐在前一台纜車裡，背對著我，靠在另一個男人身上。我起身朝她呼喊，用力拍打窗戶，但好好卻不為所動，反而是她身旁的男人緩緩轉過頭來。

男人不是Peter，男人是小四。

然後我就醒了，發現自己全身冷汗。

「不用佛洛依德我也知道這夢代表什麼。」關傑說。

「什麼？」

「你的恐懼。」

「還用你說？」我白眼。

「你的恐懼不是一個人困在車廂，不是小四或未婚夫，而是好好從頭至尾動也不動。你害怕現在這狀況會持續下去，不進不退，永遠懸在那裡，像一台停駛的纜車。」

我沉默。

「咦，我說中了嗎？」

今天又是上次的C位偶像女孩。

我幫她們錄的上一支單曲大賣，曲子我自認不怎麼樣，但MV舞蹈似乎頗得年輕人喜愛，風靡全台校園，被媒體取名斷手舞，YouTube和抖音上都有無數模仿影片。簡單說就是中了，所以公司乘勝追擊，要我在三天內錄完第二支單曲。

這首歌的歌詞比上一首更蠢，明顯是為節奏和舞蹈服務，想到我要連聽三天這首曲子，就沒有動力踏進錄音室。

「六點我們還要趕去練舞，再麻煩老師了。」經紀人笑著說。

這次華納重金聘請韓國知名編舞老師，練舞的時數和預算都是錄音的好幾倍，不意外，反正歌曲只是伴舞用，最後都是對嘴。問題只有一個，照現在的進度分段錄下去，錄到明天都錄不完。

好想丟下這一切離開。

「等一下先不唱A2了，我們從頭到尾唱一次。」我說。

玻璃後的女孩明顯緊張起來，雙手抓著大耳機，用力點了一下頭。沒什麼好緊張的，我只是需要完整的一軌當作保險，以免後製沒素材用。

我雙手抱胸，假裝閉眼聆聽，放空等待這漫長的四分半鐘結束。

我會做你的第一個聽眾，好好說。

我閉著眼，女孩繼續唱。

他們讓我想到以前你寫的那些歌，好好說。

我閉著眼，女孩繼續唱。

丟掉什麼，就變成什麼樣的大人，好好說。

我張開眼睛，女孩唱完了。

我低頭在rundown上尋找女孩的名字，我總是記不得她們五個人誰是誰。

「簡妮。」我看向麥克風後的女孩，「唱得很好，我們從頭再唱一次，這次我要妳試著放鬆一點。」

「再一次？」助理有些訝異，他知道保險軌一軌就夠了。

「你去把燈關掉。」

助理遲疑了一下，起身把收音室和控制室的燈全都關掉，瞬間陷入一片濃密漆黑，助理摸黑走回來，沒有人吭聲。

「簡妮，妳可以看到我們嗎？」

「……不行。」

「很好，我們也看不到妳，妳等一下就輕鬆唱，想像自己在停電的浴室裡。」

我拍拍助理要他開始。

這次我在黑暗中睜著眼睛聽簡妮唱歌，剛才我果然沒聽錯，儘管已經錄了兩個多小時，簡妮的嗓音還是很乾淨，她學會用肚子而不是喉嚨唱歌了。

更重要的是，簡妮的聲音中有一種誠懇，她想要把歌唱好，我卻只想趕快錄完閃人，我是從什麼時候開始忘了做音樂的初衷呢？

簡妮唱完後，我請助理開燈。

「非常好，記住剛剛的感覺，我們現在從頭開始，一句一句錄。」

「呃，歐老師，」經紀人馬上跳出來，「這樣妮妮今天錄得完嗎？」

「這週末錄音室都空著，我請他們先留下來，你再看你們哪一天可以。」

「可是……」經紀人一臉為難，「下禮拜就要驗收舞蹈了，我怕妮妮——」

「我可以！請讓我唱，我自己會再找時間練舞，保證不會拖到大家的進度，拜託！」

「那就這樣，我們繼續。」我不讓經紀人有機會開口，「妳準備好了嗎？」

「嗯！」簡妮用力點頭。這是我第一次看見她的笑容，我才突然想起來，她只有十七歲。和當年的好好一樣。

「你最近怪怪的喔。」關傑瞇起眼睛打量我。

「哪有。」

「好幾次打給你都在live house，在約會吼？這次是樂團妹？」

「沒有妹啊，我一個人去聽表演。」

「屁啦，你不是嫌那種地方又吵又熱又擠，早就不去了。」

「最近發現兩組學生團很有意思，可能會幫他們製作專輯。」

「真假？你多久沒做學生團了，五年？六年？」

「八年。」

關傑意味深長看著我。

「這跟好好有關嗎？」

「沒有……吧。」

關傑雙眼繼續盯著我。

「好好只是……讓我想起過去的自己。」我說。

「好好讓你想起過去的自己……有包括愛上好好的那部分嗎？」

我沒有回答，關傑嘆了口氣。

「我確認一下，你現在還是一樣希望好好跟她未婚夫分手？」

「嗯。」

「動機依舊是想要報復嗎？還是你想續寫高中的青春戀曲？」

窗外大雨傾盆，我躺在沙發上，滑著好好的臉書頁面。昨晚好好發文說她今天在信義微風有一場義賣活動，如果我現在出門，就可以在活動結束前抵達微風，見到好好。

我繼續躺在沙發上，沒有移動。

好好說，我們不要再見面了。但這不是我不出門的原因，而是我說不出我對好好這句話有什麼感覺。

我很混亂。

這些日子關傑試著幫我釐清心中的想法，卻只是讓我更加確定我的混亂。

窗外突然出現震耳雷聲，我擔心大雨會濺進來，起身關上窗戶。雜訊般的雨聲瞬間轉小，彷彿要補上消失的音量般，手機這時響了起來。

是好好。

「你現在有空嗎？」

28.

好好坐在副駕駛座，從剛剛到現在都沉默不語。

她在電話中問我能不能去找她，我到了約定地點，發現她沒撐傘站在雨中，整個人從頭到腳都濕透了。我趕緊抓了把傘下去，但不論我怎麼問她話都不回答，只好先帶她回車上躲雨。

「我送妳回家吧。」

「不要回家。」好好終於開口了。

「妳要去哪裡？」

「不要回家。」

好好嘴唇泛白，頭髮一直滴水，有如剛被救起來的鐵達尼號倖存者。車上沒有毛巾或毛毯，我把冷氣關掉，說先去我家把衣服弄乾吧。好好沒說好，也沒說不好，她從頭到尾就只說了那句不要回家。

好好為什麼不想回家？

在車上我好幾次都想問個清楚，但我開不了口。此刻的好好是我從來沒有見過的模樣，她像漂流在北冰洋中央的一塊浮冰，非常遙遠。

到家後我拿毛巾和乾淨衣服給好好，她默默接過走進浴室。我在客廳等待，卻坐立難安，最後我走進廚房泡熱巧克力，強迫自己做點什麼，不要再亂想。

我回到客廳時，好好也出來了。她穿著我的齊柏林飛船T恤和愛迪達短褲，毛巾掛在脖子上，頭髮已經擦過了。她在沙發上坐下，依舊沉默，但感覺沒有之前那麼遙遠了。

我把熱巧克力遞給好好，她接過去，雙手捧著馬克杯，熱氣蒸騰而上，在她臉前形成一片霧白色面紗。好好一動也不動，空氣靜默，蒸氣後的雙眼出神望著前方。

我在旁邊的單人沙發上坐下。

「妳跟Peter……還好嗎？」

好好沒有回答。我第一次發現客廳可以這麼安靜，能清楚聽見牆上時鐘的滴答聲。好好今晚都不打算說了嗎，正當我想再開口時，好好緩緩搖了搖頭。

「怎麼了嗎？」我問。

「你送我回家那天，Peter沒有去上班，他應該要在公司的，但他沒有……」

好好再度陷入沉默，雙手緊緊握著馬克杯，指尖因為用力而泛白，這一刻終於來了。

「我知道。」我說。

「你知道？」好好瞪大眼睛。

「我看到他了，在妳下車離開之後。」

好好似乎無法理解我的話，神情驚訝又困惑。

「所以……你早就知道了？」

我點頭。

好好僵住了，臉上的表情慢慢消失，就像海嘯來臨前捲退的浪潮，突然馬克杯扣一聲放到桌上，幾滴巧克力濺了出來。

「為什麼？」好好衝著我大喊，「為什麼你不跟我說？」

我嚇一跳，一團怒火反射地燒上胸口。為什麼要跟妳說？讓妳可以有心理準備，可以事先想好藉口，然後繼續妳的豪門婚姻之路嗎？

「有什麼好說的？」我聲音冰冷，「妳不是說不要再見面了嗎？」

這句話讓好好突然洩氣了，她怔怔看著我，下一秒，她說出我想都沒想過的話。

「你為什麼吻我？」

我沉默，漫長的沉默。

那個當下我不知道，現在這一刻我還是不知道。

「我曾經以為我永遠都無法再找回過去的自己，」好好目光痛苦望著我，「但你出現了，在我失去了小四以後，是你讓我重新記起于好好是一個怎麼樣的女孩，我——」

「夠了。」

我想起來我為什麼要吻妳了。

因為妳當年和小四不告而別，因為妳毫不在乎地傷害我，在我心上留下永遠無法抹去的傷痕。

我站起身。

「妳走吧。」我說，「我希望這輩子從來沒有見過妳。」

好好錯愕望著我，困惑，混亂，而且似乎還有一點，心痛。

我抬起手指向門口，一語不發看著好好。

空氣凝結了三秒鐘，好好面無表情站起來，緩緩走向門口。

門打開，門關上，我還站在原地，手還是直挺挺地伸著。

只剩下我一個人了。

我放下手，坐下來，整個人癱進沙發裡。

結束了……

我成功了，順利破壞好好的幸福，最後還給她難堪，但為什麼我卻沒有復仇的快感？

我不記得我什麼時候走回房間，也不記得我是幾點睡著的，一切都恍恍惚惚，只知道醒來時已經下午一點了。我並不餓，但體內似乎有個地方空空的，好像跳一跳就會發出咖啦咖啦壞掉的聲音。

上廁所時我看見好好的衣服整齊地掛在毛巾架上，早就乾了，我望著它們出神，不知該拿它們怎麼辦。最後我把衣服裝進塑膠袋，塞進垃圾桶。

我出門去便利商店買午餐，它就擺在那裡，結帳櫃檯上，一眼就可以看見的地方，那本八卦週刊。

「百貨小開狂劈五女全記錄」

我若無其事拿起這本今日發行的週刊，和咖哩飯綠茶一起結帳，再若無其事等紅綠燈，若無其事搭電梯回家。直到關上大門，我才發瘋似地翻開那本封面有Peter照片的雜誌。

儘管有黑條遮住眼睛，我還是一眼就認出好好。她是未婚妻，兩人預計年底結婚，週刊寫得完全正確。

然後是一張又一張Peter和不同女人約會的偷拍照片，摩鐵、電影院、高級餐廳、夜店門口，還有幾張是在Peter家外頭，可以看到熟悉的氣派大門和西裝保全，Peter摟著一個年輕辣妹進去，之後又一起出來，送辣妹上計程車。照片下方寫著日期，瞬間我無法呼吸，那天就是我送好好回家的日子。

「我看到他了，在妳下車離開之後。」

「所以……你早就知道了？」

我點頭。

「為什麼？」好好衝著我大喊，「為什麼你不跟我說？」

我拿雜誌的手在顫抖，腦中的好好繼續朝我大吼，一遍又一遍。原來從一開始我就搞錯了，錯得離譜。那天真正出軌的人不是好好，而是Peter。

週刊表示Peter直到截稿前都不願做出回應，所以他早就知道自己是這一期的主角？所以選擇在發刊前先對好好坦承一切？

我不知道，我只知道好好昨天得知了真相，傷心欲絕地在雨中打給我，但我卻——

我闔上雜誌。

那又怎樣？

不論好好和Peter分開的原因是什麼，她對我做過的事絲毫沒有改變，我一點都不需要內疚。現在這結果甚至比我原本的計畫更好，好好被傷得更重，更慘，更大快人心……

我開始吃咖哩飯，喝綠茶，吃完後打開筆電檢查檔案，準備出門開會。我的生活回來了，一切都結束了，無事一身輕，我沒有感覺這麼好過。但為什麼，為什麼只要我一閉上眼，就會看見好好走出我家的最後身影？

「會不會是因為，你其實並不恨她？」關傑說。

「你在說什麼？最清楚我被她傷得有多慘的人不就是你嗎？」

關傑沒有答腔，他抓了抓頭，半晌後開口說：「不知道欸，有沒有可能你雖然還恨她，但同時也還愛著她？」

關傑的話讓我瞬間有些恍惚。

所有關於好好的回憶忽然湧上心頭，伴隨各種色彩鮮明的感受，像顏料全擠在一起，最後只剩下一片無法形容的黑，再也分不出什麼是什麼。

關傑看我沒有反應，咳了兩聲，換個話題。

「你知道好好後來怎麼了嗎？」

「不知道……」我淡淡說，「她把我封鎖了，什麼都看不到……」

關傑看起來比我還難受。

下一秒他身體扭動，拿出屁股後的手機。

「要不要用我的帳號看看？」

「不用了。」

「你確定？」

我點頭。

這樣就好了，這樣結束很好。

關傑嘆氣收起手機，接著用力拍拍我的肩膀，拍到我整個人都在晃動，所以我沒有第一時間發現我的手機也在震動。

爸打來的。

我講完後，關傑問我怎麼了嗎，我定定看著他，發現我的聲音聽起來好遙遠，彷彿來自另一個世界。

29.

死侍說英雄是由四到五個關鍵時刻組成的。在那幾個時刻做了正確行動的人，就可以成為英雄。

但我想要改寫這句話，把英雄替換成人生。人生就是由幾個重要時刻組成的，其他時刻都不重要，塞滿了日復一日的吃飯工作睡覺，一點意義也沒有。只有在某些當下你才真正活著，例如你發現自己要當爸爸那一刻，例如你被宣告得到癌症那一刻。或以我來說，是我在機房遇見好好那一刻，是我用雷射除掉胎記那一刻，還有現在，我在醫院等待媽媽手術結束這一刻。

大貨車疲勞駕駛追撞三車，媽媽就在第一台計程車上。

我坐在冰冷的塑膠椅上，等待一個人來宣判我的世界毀滅了沒有。我無能為力，只能祈禱，只能希望今晚過後，我還有一個媽媽。

如果此刻我還能保持鎮定，絕對是因為身旁的爸爸。他看起來非常糟糕，上衣穿反了，腳上是沾滿泥巴的室內拖，整個人都失了魂。媽媽就是爸爸的全部，我無法想像如果媽不在了，爸會變成什麼樣子。我也不能去想，現在我只能撐住，為了爸爸我必須撐住。

手術室的門打開了，走出一名穿藍色手術服的醫生，他說林美惠的家屬在嗎。我腦中一片空白，對爸爸說醫生在叫我們了。我扶爸爸起身，攙著他走向醫生，一切都毫無現實感，醫生平板黝黑的臉龐看不出情緒，看不出那是死神或上帝的臉。

「手術成功，病人已經脫離險境……」

醫生後面說了什麼我完全沒聽進去，我的身體止不住顫抖，壓迫胸口的死亡恐懼瞬間消散，沒事了，家還在……

爸爸突然腿軟跪下去，我趕緊撐住他，他的頭顱重重垂著，臉上流滿淚水，含糊哭喊謝謝謝謝，爸爸的哭聲讓我眼淚一秒滴下來，我終究還是沒有忍住。

媽媽開完刀後被送進加護病房觀察，醫生要我們先回家休息，晚點再過來。起初爸爸不願意，說媽媽醒來沒看到他會害怕。我花了好一番功夫才讓他明白加護病房有規定探視時間，留下來也沒用。

我們坐計程車回去，路上我看著身旁的爸爸，第一次注意到他鬆垂的眼袋和臉頰的黑斑，爸爸真的老了。剛才護理師和我們說明住院手續時，爸爸像個孩子般不知所措，最後都是我在處理。我默默咀嚼這些改變，想著或許以後，沒事就多回家吧。

到家後我沖了一個澡，出來後爸爸還是一樣面無表情坐在客廳，姿勢完全沒有變過。我帶爸爸回醫院，可以進去加護病房了。我們換上隔離衣戴上口罩，媽媽還沒從麻醉中醒來，她蓋著醫院的土黃色棉被，頭髮剃掉了，右臉淤血腫脹，嘴巴插著呼吸器，看起來一點都不像媽媽。爸爸又哭了，但我沒有。媽媽還活著，這就夠了。

護理師說媽媽明天就會回到普通病房，我們可以明天再來看她。我帶爸爸回家，路上我們沒有說一句話。到家後我抱了爸爸一下，我從沒有抱過爸爸，但這一刻除了擁抱，我不知道還能跟爸爸說什麼。

或許是壓力釋放的關係，我一躺下就睡著了，像沉入地心般深深睡去，連夢都沒做。我在迷迷糊糊中被搖醒，發現爸爸站在床邊，他說我們去醫院吧。

我看看手機，早上六點，我不用問就知道爸爸肯定整晚沒睡。

我起床換衣服，爸爸問我有沒有大包包可以借他裝東西。

「你要幹嘛？」

「網路上說把病人熟悉的東西放在病房，可以讓病人安心，加快恢復速度。」

爸說完我才發現桌上出現一疊相冊和一大包塑膠袋。我找到一個舊背包，一本本把相冊裝進去。這些家庭相簿我已經好幾年沒有翻看了，而自從手機逐漸取代相機成為拍照首選後，這些相簿也越來越少增加新照片了。

突然我停住動作，有一本相冊的綠色絨布封面我毫無印象，但它的邊角嚴重磨損，明顯並非新相簿。

我翻開封面，出乎我的預料，我看見一張嬰兒照片。

嬰兒只有幾個月模樣，五官絲毫沒有辨識度，但那毫無疑問是我，是我的死老鼠色胎記。

我往後翻，嬰兒逐漸長大，我上了幼稚園，然後是國小和國中。我越翻越快，心跳也越來越響，每一頁都塞滿了我的照片，這是我的專屬相簿，但遠遠不止如此。

相簿裡的照片都清楚拍到我的胎記，醜陋又刺眼，每一張都會讓過去的我強烈地厭惡自己。我知道媽媽每次製作相簿時都會先抽掉這類照片，我只是不知道，媽媽沒有丟掉它們，反而收在另一本相簿裡。

這是我的胎記相簿。

「妳從來就沒有覺得我好，妳也覺得我的胎記噁心，覺得我該把胎記藏起來！」

我久久無法動彈，爸爸走到我身旁。

「其他不帶沒關係，這本一定要帶，這是你媽最喜歡的相簿。」

「為什麼……我從不知道……」

「你媽怕你看到難過，把它藏在衣櫃裡，你不在的時候她才會拿出來看。」

我胸口彷彿被重物輾過，久久無法呼吸。

媽媽究竟是懷著什麼樣的心情在看這些照片？

我望著照片出神，爸爸伸手闔上相簿。

「走吧。」

爸爸把剩下的相簿放進背包，原本他想把那包塑膠袋也放進去，但試了幾次還是塞不下。

「那是什麼？」

爸爸打開塑膠袋給我看，裡頭有幾顆毛線球，還有一隻打到一半的條紋小手套，「你媽最近才開始學，想打給Nicole當聖誕禮物。」

我盯著只有三隻手指的手套，想到媽媽差一點就無法完成它了，鼻子突然很酸很酸。

「你當初怎麼沒勸媽生生看，搞不好我就有個妹妹了。」我笑著說，努力壓下想哭的情緒。

「你媽生完你之後，其實有不小心懷孕過一次。」

我呆掉，完全不知道這件事。

「後來呢？」

「拿掉了。」

「為什麼？」

爸爸低頭沉默許久。

「你媽說，如果你有了弟妹就會比較，會因為臉上的胎記覺得不公平，她不希望見到你嫉妒難過，所以寧願不生第二胎。」

我開車載爸爸去醫院，一路上都沉默不語。

媽媽從加護病房轉到普通雙人病房，呼吸器拔掉了，看起來比較像媽媽了。我們進來沒多久媽媽就醒了，她說話很慢，吐出每個字之前，彷彿都要先經歷極大的痛苦。爸爸握著媽媽的手，溫柔對她說話，要她好好休息，什麼事都不用擔心，有他在。

我看著爸爸，發現他可以因為害怕失去媽媽而像個受驚孩子，也可以為了媽媽堅強起來成為最溫暖依靠。

這就是愛嗎？

這世上會有一個人能讓我這樣去愛嗎？

我下意識打開手機，才想起來好好的頁面已經看不到了。

媽媽的復原狀況不錯，食慾一天比一天好，手套完成了第四隻指頭，也開始能下床走動了。唱片公司希望我趕快回去錄音，但我還是繼續請假，二十年只有五十五天欸拜託，沒什麼好趕的。

天天都在病房過夜的爸爸終於被我和媽媽叫回家睡覺了。我幫媽媽買了晚餐，吃完後我們跟隔壁床阿公一起看《金家好媳婦》，阿公照例看到一半就開始打呼，每晚皆如此，我強烈懷疑他看《金家好媳婦》是為了助眠。

「關掉吧。」媽媽說。

「妳不看了？」

「嗯，有點累了。」

我拿遙控器關掉電視，阿公繼續認真打呼。

「我們來看照片吧。」我終於找到時機抽出那本綠色相簿，這幾天媽媽從沒有在我面前打開它。

「你看過了？」媽媽有些緊張。

「翻過一次，嚇死人了，比靈異照片還恐怖。」我語氣誇張。

「亂說話。」媽媽瞪我。

「真的啦，難怪妳要藏起來。」

媽媽不想理我，她把相簿放在棉被上，一頁一頁慢慢看，臉上始終帶著微笑。

「這張我幾歲啊？」我指著一張我和媽媽的合照。

「一歲多了，這中秋節拍的。」

照片中媽媽穿著白底碎花洋裝，把我抱在大腿上，臉貼著我肥嘟嘟的胎記臉頰，我們一起看著鏡頭燦笑。

「你啊，小時候只要大人一拿出相機就會自己對鏡頭笑，都不用叫你看鏡頭，你看這張也是。」媽媽笑著說。

是嗎……那我是從幾歲開始討厭照相的呢……

我又是從什麼時候開始，不再和妳無話不談，甚至必須小心避開地雷呢……

「媽……」

「嗯？」

「對不起。」

「對不起什麼？」媽媽一頭霧水。

「妳還記得有次妳和爸來學校看我比賽嗎？」

媽媽沒有說話。

「我那天說了很多很過分的話，把我的問題都怪到妳身上……對不起。」

病房安靜無聲，阿公的打呼聲不知何時停了。

「我早就忘了啦。」媽媽輕輕笑了笑。

我知道她沒有，有些話永遠都不可能忘。

但可以努力讓它們不再是地雷。

「我除掉胎記這麼久了，偶爾照鏡子還是會覺得眼前這個人到底是誰啊，妳會不會有時候也覺得好像換了一個兒子？」

「不會啊。」

「真的不會？你比較喜歡現在這個還是以前那個？」

「還不是同一個。」

「差很多好不好，哪一個嘛？」

「都喜歡啊。」

「不行，要選一個，快點。」

「那……現在這個。」

「好哇好哇，你也覺得我以前很醜吼？」我故意鬧媽媽。

「胡說什麼，是因為你現在比較開心，媽媽希望你開心，開心最重要。」

我微笑看著媽媽，是啊，我一直都知道，媽媽做的所有事情都只是希望我開心，無論我有沒有胎記，在她眼中都是那個一看到相機就呵呵笑的孩子。

「妳康復之後想要做什麼？」

「出院回家啊。」

「不是啦，我是說，像是大吃一頓，或是去哪裡玩之類。」

「你要出錢嗎？」

「嗯，妳的出院禮物。」

「這麼好喔。」媽媽眼睛發光，「那我要……我要跟你女朋友一起吃頓飯。」

「哎，就沒有女朋友嘛，有沒有實際一點的？」

「那跟馬英九吃飯。」

「不要鬧了啦。」

「你自己問我的。」

「好啦好啦，我盡量，馬英九。」

「或是女朋友。」媽媽笑咪咪，彷彿年輕了十歲。

隔壁阿公的打呼聲又回來了，十分響亮精神，害我一直到半夜三點才終於睡著。

醫生說媽媽週五可以出院了。前一天晚上我仔細打掃家裡，洗了衣服倒了垃圾，隔天開車去醫院載媽媽回家。看到媽媽和爸爸一起坐在後座時，我有種說不出的感動。人生或許真的是由幾個關鍵時刻所組成，但卻是其他那些漫長、平凡、日復一日的時光，讓我們感到幸福。

「對了豪豪，不要忘記我們的約定喔。」媽媽笑著提醒我。

「記得啦記得啦。」

「什麼約定？」爸爸不解。

「不告訴你，這是我跟豪豪的祕密。」

「什麼！」爸爸一臉受傷，「養兒子來搶老婆啊，還有天理嗎！」

爸爸仰天長嘆，我和媽都笑了，一切都回來了，熟悉的家回來了。

送爸媽回家後，我又出門去買菜，冰箱已經空好多天了。今天吃火鍋慶祝媽媽出院，我在超市裡尋找媽媽愛吃的水晶餃，卻和意料之外的人擦肩而過。

我驚訝轉身。

「小四？」

提著購物籃的男人轉過來，嘴角禮貌上揚，眼底卻閃著疑惑光芒。

男人真的是小四。

他的平頭和刺青手臂跟當年一模一樣，不同的是臉上多了斯文的黑框眼鏡，衣著也從合身黑T牛仔褲變成寬鬆罩衫與麻質寬褲。他整個人的線條都變柔和了，和當年存在感強烈的俊美不同，此刻的小四好看得很舒服，而且完全沒變老。

小四帶著微笑欲言又止，似乎覺得我有些面熟，卻又想不起在哪裡見過。

正當我要開口時，一名年輕男人忽然走到小四身旁，略帶敵意地打量我。

下一秒，男人牽上小四的手，十指緊扣。

30.

我在一間店裡。

一間花藝，刺青，咖啡，店。

和當年小四的店相比多了兩個元素，店名卻反而少了一個字，只剩下Library，圖書館。

「小四規定每個買花的客人都要說說他們的故事，有些客人趕時間不想說，小四就請他們離開，欸，我們生意一直好不起來都是你害的啦！」

工作台後的熊寶一邊處理玫瑰刺一邊抱怨，看起來卻很開心的樣子。他是小四的男朋友，也是這間店的花藝師。

小四跟我一起坐在長木桌，他悠悠說：「沒有故事的花藝就像——」

「沒靈魂的詩一樣不該存在，知道了啦，」熊寶翻個白眼，「大叔很愛說教欸。」

小四微笑，他望著熊寶的眼神非常溫柔。

「我只是喝杯咖啡……也要說故事嗎？」

我擔心看著小四剛放在我面前的咖啡。

「你已經說了啊。」小四眼中閃爍光芒。

剛在路上我告訴小四好好的近況，但略去最後那段，只說好的部份。小四默默聽完沒說一句話，反而是熊寶在一旁吐槽，說小四明明就很開心還要裝，假掰。

熊寶不認識好好，但他知道好好曾是小四最好的朋友。後來我給小四好好的電話，他仔細核對了三遍，才放心存入手機裡。

我拿起咖啡喝了一口，和當年小四請我喝的咖啡一樣，很黑，很苦。曾經我以為這是大人的味道，經過這麼多年我才發現，原來這只是我不喜歡的味道罷了。

但當年的我並不知道這一點。

當年的我，很多事情都不知道。

「別鬧了，小四才不會喜歡我咧，他只把我當妹妹看。」

我現在才明白這句話的意思，才明白小四為什麼不會喜歡好好。

這麼多年我都像個白痴一樣……

我皺起臉，咖啡真的太苦了。
小四也泡了一杯給自己，修長手指輕輕抓著杯耳，我注意到他手腕內側的刺青。
「那是鬼仔嗎？」
小四愣了一下，低頭凝視手腕的貓咪刺青。
「嗯。」
我在店裡沒看見貓砂盆或飼料碗。
「牠過世之後刺的。」
果然。
「好好離開不到半年牠就走了，後來我就不再養貓，太痛苦了。」
我沉默了幾秒。
「為什麼……你跟好好會吵到不聯絡了？」
小四浮出淡淡苦笑。
「我們到台北的第三年，好好不知道哪裡不對勁，交了一個毒蟲男友。」
「發哥？」我大驚。
「你知道？」
「好好提過，但沒有說你們因此吵架。」
「吵得可兇了。」小四說，「他們交往第一天我就勸好好分手，但她鬼遮眼死都不肯，後來那傢伙丟了工作沒收入，跑來賴著好好，天天在我們家吸毒。我要好好把他攆出去，好好卻一直護著他，甚至因為他開始碰毒。我看不下去，要她在愛情跟我們的友誼之間選一個，我以為這招有用，可以激她放手，結果……後悔也來不及了，好好走了就不會再回來，不要說我，她甚至沒有再跟她媽聯絡過，她的個性就是這麼硬。」

小四拿起咖啡杯看我，「後來他們怎麼結束的？」

「發哥吸毒過量死了。」我說。

「你再偷聽不做事，三點茶會的花會來不及喔。」

「爽啦！」工作台後的熊寶突然大叫，「活該死好！」

「哼，囉嗦。」

熊寶扁嘴整理卡斯比亞，小四撐著頭看他，嘴角都是笑意。

我看著小四眼周漾開的魚尾紋，從剛才便壓在心底的疑問忽然脫口而出。

「為什麼好好當年這麼急著想要自由，不能等到考上大學嗎？」

小四收起笑容。

「你不知道原因嗎？」

「什麼原因？」

小四筆直看著我的眼睛，沉默了好幾秒。

「你還是自己問好好吧，如果她在乎你，她會跟你說的。」

我笑出來，「那我永遠都不會知道了。」

「你問過了？」

「沒機會問了，我跟好好不會再聯絡了。」

小四靜靜看著我，透明眼瞳還是像當年一樣，讓人好安心。於是我開口說，像對一個老友傾訴，毫無保留道出所有事情。

說完後我喝掉最後一口咖啡，我以為小四會說些什麼，但他只是轉頭看向熊寶。

「你身上有菸嗎？我的抽完了。」

熊寶草草搖頭，專注盯著手中的花束。

「我有。」我說。

「我們去外面。」

我跟小四來到門外，陽光暖暖，我拿菸出來，才發現自己和小四一樣，也迫切需要一點尼古丁。

「我也抽這個牌子。」小四笑說，優雅含著菸，他依舊是我見過抽菸最好看的男人。

「你知道好好她家的情況嗎？」小四望著燃燒的菸頭。

「知道一點，她繼父會打她媽。」

「不只她媽。」

我手一頓，菸灰掉在皮膚上，但我沒有半點感覺。

「她繼父很聰明，從來不打好好的臉或四肢，只打背部，就算好好隔天去上學也不會有人發現。好好一直無法原諒她媽沒有保護她，她曾試著反抗但失敗了，最後她做了一件事。」

「什麼？」

「她在背上刺青。」

我全身一震。

哀豔玫瑰中的獠牙惡鬼。

「起初好好是為了蓋掉背上長期受傷的色素沉澱，但後來她說，這刺青能帶給她力量，像是她的盔甲，讓她在最黑暗的時刻還能保有勇氣。」

我動彈不得，指間的菸繼續往上燒。

「刺青似乎讓她繼父嚇到了，可能怕好好不知又會做出什麼驚人舉動，從此他就沒有再打過她。」

小四吐出來的菸霧像要飛向太陽般緩緩飄升，轉眼就消散了。

我怎麼會完全沒有想到……

好好說想離開家，說要尋找自由，說繼父會家暴母親，我怎麼會像個傻子一樣什麼都沒發現，連一秒鐘都沒想過她也可能是受害者？

我無法停止顫抖，手中的菸灰像髒掉的雪碎落地上。

「好好也不願意你知道。」小四似乎看穿我的念頭說，「這樣她在你面前才可以不用背負任何陰影，像個正常人一樣大笑，一樣悲傷，所以你一點都不需要內疚。」

「但……為什麼是那天？好好為什麼要選那天離開？」

「因為發生了一件她不得不離開的事。」

火光燒到手指，但我渾然未覺，我從沒有見過小四這種表情。

「那天半夜好好突然跑來我家，整個人抖到停不下來，身上都是血，我嚇死了，要送她去醫院，她卻說那不是她的血，是她繼父的。那是第一次她繼父試圖性侵她，好好用酒瓶砸破他的頭逃出來。她要我隔天跟她一起去台北，再也不要回來。」

31.

我抱著雙腿坐在老家房間地板上，默默望著靠牆而放的裱框照片。這是當初掛在小四工作室牆上那一張，好好的刺青照片。

昨天小四把這張照片給我。

我默默望著照片，動也不動。

「妳的意思是，沒有故事的刺青，不論多少錢他都不會刺？」

「當然啊，沒故事的刺青就像沒靈魂的詩一樣不該存在。」

「那妳的故事是什麼？」

「祕、密。」

經過這麼多年，我終於看懂了好好的刺青。

祕密故事的核心就是傷，傷害是心之腐土，滋養盛放的地獄玫瑰，花瓣像火焰燃燒，團團包圍神情猙獰的靈魂惡鬼。我曾以為惡鬼的面容代表混亂，現在才明白那其實是掙扎，是面對痛楚卻不願投降，卻堅毅抵抗。於是在那黯黑眼瞳深處，我看見難以言喻的希望之美。

我也是第一次發現，原來我和好好無比相像，我們都天生帶傷，我有異類邊緣的胎記，她有家庭暴力的刺青。我和她相遇，深深被她吸引，以為她是我憧憬的另一面，卻不知道她其實和我一樣，懷抱著傷害活下去。

我什麼都不懂。

我想起好好在吉他比賽前一晚欲言又止，那時她是否打算告訴我她的祕密。但最後她什麼也沒說，只給了我一個吻。這麼多年來，我都以為那是道別之吻，以為她早就計畫丟下我離開。

我什麼都不懂。

「為什麼她上台北後一通電話一封簡訊也沒有？」

「你應該已經猜到答案了吧……」小四無力笑了笑，「好好不想要你知道那晚發生的事，也不想要她的悲劇攪亂你的生活，她希望你從此忘了她，繼續過你的人生。」

怎麼可能忘得了？

自從好好進入我的生命後，一切就澈底改變了，像彗星撞上地球，海嘯淹沒世界，最糟的情況已經無法挽回地發生了。

我戀愛了。

我愛上一個充滿活力、叛逆愛生氣、笑起來只有一邊梨窩的疊字女孩。

但最後，她卻無聲無息離開我的世界。

這十五年來，我沒有一天忘記好好留給我的無盡痛苦，但直到這一刻我才明白，那些忘不了的痛，其實都是沒死透的愛。

還愛，所以才痛。

如今才發現這點的我，是不是已經太遲了？

「妳走吧。」我說，「我希望這輩子從來沒有見過妳。」

我把頭深深埋進膝蓋裡。

今天稍早我試著聯絡好好，才知道她不只封鎖了我的臉書，也封鎖了我的電話。我用另一個號碼打過去，好好一聽到我的聲音就掛了，我不死心再打一次，結果發現這個號碼也被封鎖了。

小四已經和好好恢復聯繫，於是我打給他，拜託他幫我跟好好解釋，希望她能見我一面，或至少願意接我一通電話。

很快我就接到小四的回電。

「好好說要是我再跟她提到你的事，她就連我一起封鎖。」

小四安慰我，要我給好好一些時間，說她最近心情真的很糟，等過一陣子再試試看。

我掛上電話，然後就一直坐到了現在。

或許，我和好好注定不會有交集，只能因為意外和誤會一再錯過，連說出心底話的機會都沒有。
如果真的是這樣，為什麼要讓我再次和好好相遇？
為什麼？
「豪豪……」
我嚇一跳，媽媽不知道在門口站多久了。她眼神擔憂，手中拿著一碗熱氣騰騰的麵。
「你今天都沒出房間，也沒吃東西。」
「我不餓。」
「你爸煮了麵，吃一點吧。」
「我真的不餓。」
媽媽沒再說話，只是站在門口沉默看我。我嘆了口氣，從地上爬起來。
「麵給我吧，我等一下吃。」
我把麵放到書桌上，媽媽走進來，好奇盯著地上的裱框照片。
「那是誰的刺青啊？」
「一個朋友。」
媽媽欲言又止，但沒有再問。
「妳還記得高中那個上台北的女生嗎？這就是她的刺青，我前陣子遇到她了，上次突然回家說有工作也是因為她。」
媽媽驚訝看著我，我抱歉地笑了笑。

「我很喜歡她，但……應該沒機會了。」

媽媽沉默了半晌，突然轉身走出房間。很快她又回來了，手中抓著那本綠色相簿。

媽媽從封底夾層抽出一張照片，放進空白的相簿頁。

「以前看到這張照片就會想起那天的事，所以把它藏起來了，等一下吃完記得把碗拿出來。」

媽媽留下相簿離開。

我愣愣看著照片，無法動彈。

照片裡是十七歲的我，站在陽光燦爛的舞台上，彈著吉他，臉上有我自己都不曾見過的笑容。

那時候的我，看起來是這麼幸福嗎？

在陽光下大聲唱歌，不介意臉上的胎記和台下的觀眾，就只是無限溫柔地唱出自己的心情，唱給一個女孩聽。

只是，女孩並沒有聽見……

下一秒，一個想法如流星光芒四射擊中我，我胸口瞬間熱了起來，火燒般炙燙。

我打開手機行事曆，很快找到那一天，還有一個多禮拜。

還可以，還來得及。

就算要我跟某人下跪拜託，就算要我再做三十年的芭樂口水歌，我也要讓這計畫成真。

我打開電腦，接上好多年沒用的麥克風，戴上耳機，滑鼠點開軟體。我彷彿又變回十七歲熬夜改歌詞的沈家豪，此刻全世界都無法阻止我，就算是好好本人也不行。

我抱著當年上台表演那把老吉他，瞪著螢幕上的錄音紅點，發現自己正拚命顫抖。

我即將要錄製人生中最重要的一首demo。
或許已經遲到了十五年，但有些事只要去做，就永遠不會嫌晚。
何況，再晚也晚不了幾天了。

下個週六，就是大雄的小巨蛋演唱會。

32.

原來站在小巨蛋舞台上是這種感覺。

感覺自己像宇宙的中心，喉嚨擁有魔法，唱出來的每一個音，甚至每次呼吸嘆息，都能清晰抵達這橢圓宇宙的每一處角落，進到每一顆跳動的心裡。

我唱到入迷，沒發現音控大哥高舉的大拇指。

可以了，工作人員上前拍拍我說。我拔下吉他導線遞給他，一旁的大雄跟我擊掌。接下來他會一路往回彩排到第一首歌，然後就可以準備開場。

上禮拜我拿demo去找大雄，問他還想唱我的歌嗎，他還沒聽就一口答應，說他要唱。

「你先聽聽看，不要急著答應，因為我還有一有個條件，演唱會上我要跟你一起唱。」

我知道我的要求很誇張，但我仍希望可以補完當年沒唱給好好聽的遺憾，沒想到大雄聽完後說出更驚人的話。

「不行啦，老大你要自己唱，這是你的故事，我幫你伴奏合音就好。」

「但這是你的演唱會……」

「所以我說了算啊，反正這首歌之後大紅我還要唱個幾萬遍，老大你那天就盡情唱個痛快吧，而且……」大雄眨了眨眼，「她會來聽吧？」

我點點頭。

「我就知道！」大雄一臉興奮，「那老大，安可就交給你了。」

「我唱安可？」我大驚。

「肯定的啊！」

「安可不是應該要唱你的招牌曲嗎？」

「不對喔老大。」

「不對？」

「安可是要唱那天最棒的歌。」大雄拳頭重重擊上我的胸膛，邪氣一笑，「你這首歌，就是最棒的歌。」

我不知道該如何感謝大雄，這個人情或許一輩子都還不了，但他說錯了一件事，演唱會不是他說了算。

還要總監小米姐同意才可以。

「真的是要被大雄搞死，演唱會是生意是投資不是社團發表會欸，他阿公阿媽要不要也上去唱一首。」小米姐搖搖頭，也搖著威士忌裡的冰塊。

我不敢吭聲。演唱會倒數一個禮拜，小米姐的壓力全寫在臉上。

「是山海祭那個女人？」

我愣一下，點點頭。

「你上次說她是一個老朋友，認識很久了？」

「十五年。」

「十五年？」小米姐挑起眉毛，「過了這麼多年才心動？」

「歌十五年前就寫好了，只是一直沒機會唱給她聽。」

「為什麼？」

「錯過了。」

小米姐用手指繞著杯裡的圓冰，咖啦咖啦。

「你有看見剛離開吧台那個男人嗎？他是這間店的老闆，我前男友。」

「你們分手了？」我嚇一跳。

「大雄跟我說你想在演唱會上唱歌給一個女人聽的時候，我覺得你瘋了，然後我聽了你的demo，然後那天晚上，我就跟我男友求婚了。」

小米姐仰頭乾掉威士忌。

「所以沒錯，我們分手了。」小米姐笑笑，「但我很開心，我花時間等過很多男人，等他們說出那句話，是你的歌讓我終於明白了，愛不是等來的。」

小米姐轉頭看我，我發現她沒說謊，她是真的開心。

「她確定會來吧，攝影機要拍到她，這是我的條件。演唱會不只是生意和投資，更是一場大秀。一首遲到十五年的情歌，可以，我接受。」

「謝了。」

好好肯定會去演唱會，那是她的工作，但我還是想確定一下，於是前天我請小四幫我打聽。

「好好知道我不聽中文歌，我只好騙她熊寶喜歡大雄，才沒有出包。」

「然後我要假裝是大雄的粉絲！天啊！」背景裡熊寶的崩潰嗓音衝出手機。

「她送我兩張票，說結束後可以帶我們去後台。」

「抱歉，下次再請你和熊寶吃飯。」

「你知道我做這些不是為了你吧？」小四笑笑說，「好好是牡羊座，衝動，所以也常常後悔，但她又好強，不願意承認錯誤，因此一路過得很辛苦。我幫你是想給她第二次機會，不論她最後做出什麼決定，將來都可以不要後悔。」

我沒有問小四覺得好好會如何抉擇，我不敢問。

昨天我打給關傑。

「票收到了嗎？」

「早就收到了，只是希希的幼稚園明天傍晚有活動，八點可能到不了，抱歉。」

「不要緊，安可我才會上去。」

「你沒問題吧？」關傑語氣忽然擔心，「畢竟你前一次表演這首歌的結果有點……混亂，不會有什麼陰影吧？」

我不知道。

剛才都在專注彩排，現在沒事了站到一旁，我才發現心跳異常地快。

我看著仍然空蕩的偌大場館，想著再過幾個小時，燈光會暗下來，觀眾坐滿看台，螢光棒會使現場變為一片迷幻星海，巨蛋穹頂下將充斥一萬五千人的吶喊，一萬五千人的心跳，以及一萬五千人的，視線。

我不自覺撫摸曾是胎記的皮膚。

沒問題的，我只要唱給一個人聽就好，就像當年一樣。

大雄的彩排結束了，工作人員開始清場，再過半小時觀眾就要進來了。

我跟著大雄回到休息室，一進去彩妝師、髮型師和造型師就將大雄團團圍住，等他終於有空和我說話時，已經是上場前一刻了。

「緊張嗎？」我問他。

「你開玩笑吧，這是小巨蛋欸，我每天晚上都在夢中唱歌的地方。」
大雄緊緊擁抱我。
「謝啦老大，沒有當年的你，就沒有現在的我。」
他轉身，像個要進場的拳擊手高舉雙拳，跳躍著跑向發光的長廊尾端。
我微笑望著他的背影，不論是一百人的地下室，還是一萬五千人的小巨蛋，我知道大雄都會用他的音樂費洛蒙征服所有人，就像他當年征服我一樣。
場內觀眾的歡呼像遙遠的雷鳴，空氣震動，演唱會開始了。
我回到休息室，抱著吉他，像當年在學校操場的後台一樣，在心中默默複習歌詞。那些我重新改寫、好好沒有聽過的歌詞，在十五年後的現在，依然能精準傳達我的心情，簡直就像奇蹟一樣。
不知道過了多久，會場忽然傳來巨大歡呼，我不禁好奇大雄唱到哪裡了。我拿出彩排前收起來的手機查看時間，我至少要九點半後才會上台。
現在才八點三十五。
但我卻有十七通未接來電。
全都來自小四。
我撥回去。
「聽得到嗎？」小四大吼。
我只能勉強聽見小四的聲音，因為大雄正用壓倒性的分貝演唱我寫的〈寂寞萬里〉。
「好好沒有來，她不會來了！」小四吼著。

什麼？

「她手機今天早上掉了，直到剛剛才聯絡上我，她換新工作了，獵人頭公司已經跟她接洽了好幾個禮拜，她昨晚才做出決定。」

小四在說什麼？

「工作在新加坡，好好等一下就要飛了！」

我恍惚站起來，吉他重重摔在地上，巨響在我腦中不停嗡鳴，我無法動彈。

好好要走了……

又要走了……

就和十五年前一樣……

我們只能一再錯過，一再——

「沈家豪你有沒有聽見啊！」手機裡熊寶的吼聲刺破耳膜，「好好就要離開了，十點半的飛機，現在還來得及，你快去追她啊！快一點！」

我猛然一震，意識接上身體，掛掉電話衝出休息室。沒錯，還不能放棄，我跑向後台，大雄剛從舞台下來，工作人員正在幫他裝上鋼絲，準備二度登台。

「大雄！」我衝過去，「我要走了！」

「什麼？」大雄一臉震驚。

「她沒有來演唱會，我現在要去找她，那首歌就交給你唱了。」

「老大？」

「拜託你了！」
「老大！」
我不顧大雄的呼喚轉身跑走，全速衝下樓梯間，停車場在地下二樓，現在離開還可以在九點半前趕到機場，或許好好還沒出關。
我猛然定住，胸膛上下起伏，不敢置信。
我的瑪莎拉蒂前方停著一台冷凍貨車，我的車完全無法出來。貨車車尾卸貨門大大敞開，卻沒有看到司機或任何人。
不遠處有一部載貨電梯，一直停在三樓沒有動靜。我打開車門猛按喇叭，空蕩的停車場毫無回應，四處都不見半個工作人員。
不能再等了，要趕緊去外面攔計程車。我拔腿衝過車道，忽然一道強光射來，煞車聲撕裂空氣，一台車硬生生煞在我面前。
媽的——
是關傑啊！
我開門鑽進副駕，差點撞死我的關傑張大嘴，呆呆看著我。
「豪豪叔叔！」後座的希希驚喜大叫。
「去機場！」
「機……機場？」
「桃園機場！路上再跟你解釋，快點！」

關傑很快開出去，我告訴他好好要出國的事，一邊查看小四寄來的簡訊。小四說好好如果知道我現在要去找她，肯定會提前出境，他唯一能做的只有幫我問到她在第二航廈，接下來只能靠我自己了，他祝我好運。

八點五十五分。

關傑已經開到建國北路了，交流道就在前方，如果他開快一點，九點二十之前就可以趕到。

還有機會，還來得及！

但很快我的臉就僵住了。

高速公路才開了五分鐘，車速就大大慢了下來，每輛車都走走停停，前方全是車尾紅燈。

「什麼狀況？」關傑傻眼，「這時間不該塞車啊！」

我掌心冒汗，轉開路況廣播。

「……國道一號南下53公里處發生大貨車翻覆事故，機場系統車流回堵，事故仍在排除中……」

我感覺整個人不停下墜，眼前一片黑暗。

九點十分了。

剛剛這五分鐘我們只前進了不到五百公尺。關傑不耐地敲著方向盤，面色凝重，希希在後座抱著熊熊不敢出聲。

我動彈不得，被現實澈底擊垮。

「……目前事故仍在排除中，駕駛人請耐心等待……」

突然關傑按掉路況廣播，拿出手機，用藍牙播放歌曲。

熟悉的鋼琴前奏敲出音響，我抬起頭，發現關傑正望著我，眼中的光芒異常明亮。

耳邊是綠洲的〈Don't Look Back in Anger〉。

「我有跟你說過謝謝嗎？」關傑說。

我一頭霧水看著他。

關傑帥氣一笑。

下一秒他快轉方向盤插到外側車道，然後像是飛出籠中的自由鳥，大腳油門，擺尾開上路肩。

「你在幹嘛！」我瞪大雙眼。

「你幫我追女生這麼多年，今天總算輪到我幫你了吧！」關傑大喊。

我不敢置信看著他。

關傑你果然是個大白痴啊！

車速不斷飆升，上百台塞死的汽車從窗外流逝而過，前方一望無際，無法形容的解放快感充滿全身，我們急駛飛馳，彷彿開在通往天堂之路。

我臉上的笑容無法控制地越來越大，關傑調高歌曲音量，希希開心拍手大笑。

九點十五分。

我們已經轉上國道二號了，照這樣下去，不到九點二十就可以抵達機場。

但我們都忘了，路肩禁止通行是有原因的。

後照鏡忽然出現刺眼的紅色閃光，模糊的警笛聲像鎮魂曲追進車裡。

我回頭，一台，兩台，三台，後方竟然有三台警車追著我們，閃爍的警示紅燈怒氣騰騰，朝我們高速逼近。

我臉色發白看向關傑，「現在怎麼辦？」

「什麼怎麼辦，副歌來了啊！」

下一秒，關傑用力踩下油門，強力貼背感將我往後一推，窗外景色加速後退，關傑大聲唱歌。

「And so Sally can wait——」

後照鏡中的警車逐漸變小，遠方的航廈則越來越大。我轉頭看向關傑，發現自己正跟著他一起嘶吼，就像當年綠洲演唱會的萬人大合唱，一切都在歌聲中漂浮起來，恍惚而幸福，溫暖而美好，然後歌聲轉小，我們迎接終局。

「But don't look back in anger.」關傑輕聲唱一句。

「Don't look back in anger.」我柔聲唱一句。

我們一起，加上咿咿啊啊的希希：「I heard you say.」

歌曲結束，車子分秒不差停在第二航廈外頭。

「去吧，一定要找到好好！」關傑用他這輩子最帥的表情說。

微弱的警笛聲逐漸大了起來，我頭也不回下車，不需要多說一個字，因為現在唯一能感謝關傑的方法，就是找到好好。

我衝進航廈，瞬間一陣暈眩。每個航空公司的報到櫃檯前都排滿了人，就連平常空曠的過道也塞滿一群又一群等待的旅客，將出境大廳擠得水洩不通。

好好妳在哪裡？

我像個無頭蒼蠅奔跑，視線不知道該看向何處，一張張期待、興奮、歡欣的臉孔流逝眼前，我跑進擁擠人群尋找，卻被人海吞噬滅頂，快要不能呼吸。

好好妳到底在哪裡？

「死變態！」女孩抄起牆角的滅火器，用力朝我擲過來。

我停下腳步。

回憶中的好好在我腦中大喊。

「死變態你別跑！」

我抬起頭，沒有女孩從格物樓三樓走廊探出身體，但我卻發現挑高大廳的二樓美食區，有一整排欄杆走道可以俯瞰一樓。

我拔腿開始跑，彷彿有股力量拉著我的手腕往前飛奔，就像當年有個女孩拉著我離開，一路帶我跑進她的世界。

「跟我一起蹺課吧。」

我衝上樓梯，踉蹌繞過轉角，最後一階差點跌倒。我心臟噗通狂跳，胸部快要炸裂，但我沒有時間休息，我撲到欄杆上，下方每張臉都看得一清二楚。

我開始搜尋，不放過任何角落。彎腰整理行李的女人，和地勤說話的女人，低頭滑手機的女人，沒有一個是好好，絕望在胸口不斷擴大，時間滴答倒數，好好妳到底在哪裡？

「想那麼多幹嘛，我會做你的第一個聽眾，你就當作是對我唱歌，你一定沒問題的。」

我猛然停住，10號報到櫃檯是去新加坡，排隊的人塞滿櫃檯前方。我一個一個掃過去，呼吸暫停，抓欄杆的手緊張顫抖，忽然我瞥見一個紅色背影，那是好好在海邊穿過的紅色上衣。

我差點要喊出聲音，但一個小女孩突然哭著跑向紅衣女人，女人蹲下擦去小女孩的眼淚。女人不是好好，沒有一個人是好好。

好好已經託運完行李了。

「我繼父會打我媽。」

我往前衝，沒時間了，我跑到二樓中央的外凸看台，眺望班機資訊看板下的出境入口。密密麻麻的人群在圍欄柱拉起來的動線裡緩慢移動，等待檢查證件，踏入出境口消失，那是吞噬所有希望的黑洞。

我身體前傾到極限，用力瞇起眼睛，在交疊混亂的臉孔中搜尋好好，我尋找好好的眼睛，好好的鼻子，好好的微笑和梨窩，神啊拜託，不要讓好好就這樣離開我。

忽然我全身一震，血液逆流，顫慄從頭頂瞬間湧至全身。

我看見好好。

「很高興認識你，歐老師。」

卡其風衣，黑色登機箱，紅色高跟鞋。

好好正低頭用手機，緩緩在人龍中移向出境口。

我轉身衝下去，沒有換氣，沒有思考，我從不知道我可以跑得這麼快，有如一陣風捲下樓梯。

眼前突然出現一團黑影，我像砲彈撞上去，然後狠狠摔在地上，身旁四散行李箱，我全身每根骨頭都像被鐵鎚砸過一般痛。

「有沒有搞錯啊！」行李推車後的男人大吼。

「對不起……」我掙扎著爬起來，拔腿繼續跑，右腳腳踝尖銳刺痛，眼前冒出青光。

「借過！」我咬牙衝進前方人群中，腳踝劇痛沒有減慢我的速度，反而讓我更清醒，清醒地知道我已經晚了十五年，不能再多晚一秒鐘了。

「因為和你的回憶是我最珍貴的寶物，如果我說給第三者聽，感覺就好像背叛了那段回憶，背叛了你。」

我推開人群，繞過無數行李箱，終於抵達出境口前的排隊人群。我拖著燒灼腳踝在人群外圍移動，只差最後一步了，但我卻一直找不到好好，人實在太多了。

好好就要從我的世界離開……

「抱歉！」我粗暴擠進人龍中，「借過！」

「喂！」有人不悅大喊。

「不要插隊啦！」一名男人抓上我的肩膀。

「我找人！」我用力揮開他的手，繼續往人龍前方擠進去，「借過！」

沒有人在滑手機了，所有人都轉頭看我，視線驚恐，因為我看起來就像是一個危險瘋子。但我一點也不在乎，那些灼熱視線已無法再傷害我了，因為這世上我唯一在乎的視線只有一個。

我終於擠到了最前面。

我望著空蕩蕩的出境門。

好好呢？

「我們不要再見面了。」

我和出境門之間只剩下一名查驗證件的航警。

好好已經進去了……

世界安靜崩毀，一塊塊化為灰燼落下，我無能為力。

「先生，」航警向前一步，「請你離開，不要干擾其他旅客。」

「等一下……」

「先生，請你現在立刻離開！」

「我看一眼就好……」我往出境門走去。

航警伸手擋上我的胸口，「退後！你退後！」

我恍惚站著，從門洞望進去，已出境的旅客正在前方不遠處排隊等待安檢。

我和好好只隔了這一小段距離。

但我卻無法再前進了。

這一小段距離，就是永遠。

「你為什麼吻我？」

我撞開航警，衝進出境門。

我不要命飛奔，所有痛苦回憶都被留在身後，此刻我眼中什麼都沒有，只有前方越來越近的排隊人群。

我知道我為什麼要吻妳了，好好。

突然我右腳一拐，身體失去平衡撞上圍欄伸縮帶，瞬間和好幾根圍欄柱一起倒下。一名航警大叫撲過來，重重壓在我身上，我試圖掙脫，但又有一名航警衝過來，壓制我踢動的雙腿。

我動彈不得，只有頭能勉強抬起來，我用盡全力朝前方大吼。

「于——好——好！」

許多面孔紛紛轉回來，但我來不及看清他們的臉，就被航警暴力往後拖走。

不要……

拜託不要……

我咬牙掙扎，卻無法阻止他們將我拖回出境門，最後能看見好好的機會也消失了。我又回到大廳，兩名航警一左一右架著我，我連回頭看一眼都辦不到。

我垂下頭，全身都失去了力氣，任由航警將我帶走。

怎麼樣都無所謂了。

突然航警放開我的手，我差點跌倒，發現自己站在大廳的出口。其中一名航警對我說話，我出神站著，一個字也沒聽進去，直到他們離開很久之後，我還是沒有移動一步。

結束了。

一切都結束了。

忽然我抬起頭，某處傳來一個模糊的聲響，斷斷續續，像雲層後時隱時現的陽光。

我屏住呼吸傾聽，那是一段旋律，非常微弱，但卻非常熟悉。

那是我寫給好好的歌。

怎麼可能……

我下意識朝歌聲走去，聲音越來越清晰，真的有人在唱我的歌。我加快步伐，從快走變成小跑，然後是全力奔跑，用今天最快的速度。

那是大雄的聲音！

大雄守住我們的約定，在演唱會上唱了我的歌。

但……不可能啊……這裡是桃園機場……

我猛然停下腳步。

一股氣衝上胸口，我朝眼前的背影大喊。

「好好！」

好好轉過來，臉上都是淚水，瞪大眼驚訝看我。她手中的手機視訊畫面是小巨蛋舞台，大雄正在台上唱我寫的歌。

我們就這樣望著彼此，世界安靜下來，只剩下手機傳出的溫柔歌聲，將我們悠悠帶回那一年，我臉上還有胎記，好好還有刺青，未來像是永遠都不會來。然後一轉眼，十五年就過去了，我們變成大人站在這裡，一起聽著我當年來不及唱的歌，來不及傾訴的告白。

歌曲結束了，大雄鞠躬，舞台暗去。

手機傳出小四的模糊嗓音。

「好好妳有聽到嗎？」

好好抹去眼淚，對小四說等等打給你，然後掛掉視訊。

我激動看著眼前的好好，整個晚上我都在等待這一刻。

「對不起，我上次非常差勁，那時候我並不知道Peter劈腿的事，也不知道妳當年離開的真正原因，我是個大白痴，妳那天問我為什麼要吻妳，因為我——」

「你新寫的？」好好打斷我，聲音淡漠，臉上沒有情緒。

「嗯？」

「歌詞。」

「十五年前就寫好了，原本要在比賽時唱給妳聽。」

「為什麼你那天不唱？」

「哪一天？」

「你吻我那天。」好好面無表情說。

我愣住了。

「你可以用這首歌告訴我你的心意，但你卻選擇吻我。」

「我……」

「死變態。」

好好直直盯著我。

「死變態、死變態、死變態、死變態。」

每喊一句，好好的嘴角就上揚一點，梨窩浮出來了，濕亮眼眸閃爍如星。

我上前用力抱住好好，空氣瞬間安靜。

好好熱燙的加速心跳和我的心跳混在一起，漸漸分不出彼此，最後一切都消失了，只剩下一個感覺，好溫暖好溫暖好溫暖。

「是抱夠了沒？」

我放開好好，她聲音很嗆，笑容卻很甜。

「你不是說不讓別人唱〈沈家豪〉嗎？」好好瞪我。

「本來是我要唱的沒錯啊，誰叫妳突然要去新加坡，害我只好拜託大雄唱，而且這首歌不叫〈沈家豪〉。」

「你還沒想出歌名前它就叫〈沈家豪〉。」

「十五年前就想好了。」

這首歌只能有一個歌名。

「〈好好〉。」

「幹嘛？」

「好好。」

「幹嘛啦？」

「好好。」

好好不說話了，我溫柔望進她的眼眸，不疾不徐地，再輕聲唸一次，這個我願意呼喚一生的名字——

好好

〈完〉

後記

就像聖母峰之於登山者，溫布頓中央球場之於網球選手，EVO大賽之於電競玩家，每個領域都有一個終極目標。身為小說家的我，一直以來的終極目標就是，愛情小說。

愛情故事的基本元素非常簡單，兩個人，一段情，就能組成無限個故事。雖說無限，但千年來前輩作家們已經創作了多如繁星的愛情故事。從《羅密歐與茱麗葉》、《挪威的森林》到《第一次的親密接觸》，就連《哈利波特》某種程度上也可以說是石內卜的愛情故事。愛情小說無處不在，我們幾乎可以斷言，所有可能存在的愛情故事都已經被寫完了。

所以，小說家必須在「已經存在的巨大有限」和「理論上的無限」中，找到空隙進行創作，這無比艱難，但也非常、非常有趣啊。

原本沒打算這麼早挑戰的。

最早的計畫是完成十本小說後，再來寫一個純粹的愛情故事。沒有超能右拳，沒有黃金速球，簡簡單單，兩個人，一段情，跟讀者決勝負。

但計畫總是趕不上變化。因為種種原因，我被推上打擊區，頭盔都還沒戴熱，球就來了。

然後我寫出了《我在這首歌的盡頭，等妳》。裡頭依舊充滿許多東澤印記：中二青春熱血、女強男弱設定、歌唱和綠洲。但還有些我預期之外的東西，像歲月滲進生活般，悄悄滲進故事裡。

小說有限，但愛情和生活，終究是無限的。

可能再過五年，或是十年，我會再挑戰一次百分之百的愛情小說，也可能永遠不會，我不知道。我唯一能確定的只有，每本書都是作者和讀者的一期一會。

希望你會喜歡。

東澤

要青春84　PG2588

要有光 FIAT LUX

我在這首歌的盡頭，等妳

作　　者　東　澤
責任編輯　尹懷君
圖文排版　楊家齊
封面設計　劉肇昇

出版策劃　要有光
發 行 人　宋政坤
法律顧問　毛國樑　律師
印製發行　秀威資訊科技股份有限公司
114台北市內湖區瑞光路76巷65號1樓
電話：+886-2-2796-3638　傳真：+886-2-2796-1377
http://www.showwe.com.tw
劃撥帳號　19563868　戶名：秀威資訊科技股份有限公司
讀者服務信箱：service@showwe.com.tw
展售門市　國家書店（松江門市）
104台北市中山區松江路209號1樓
電話：+886-2-2518-0207　傳真：+886-2-2518-0778
網路訂購　秀威網路書店：https://store.showwe.tw
國家網路書店：https://www.govbooks.com.tw
總 經 銷　聯合發行股份有限公司
231新北市新店區寶橋路235巷6弄6號4F
電話：+886-2-2917-8022　傳真：+886-2-2915-6275

出版日期　2021年7月　BOD一版
2023年2月　修訂一版
定　　價　320元

讀者回函卡

Printed in Taiwan

國家圖書館出版品預行編目

我在這首歌的盡頭,等妳 / 東澤著. -- 一版. --
臺北市 : 要有光, 2021.07
面 ;　公分. -- (要青春 ; 84)
BOD版
ISBN 978-986-6992-85-8(平裝)

863.57　　110010161